1

Sinossi

Dopo l'incidente avuto, Jasmine Davies decide di dare un taglio netto alla sua vita, ha bisogno di cambiare e di non essere più la ragazza che ha perso la memoria.

Scappa da Lipsia, dove non aveva più pace, e si trasferisce a Londra, iniziando una nuova vita come segretaria di Ashton Sutter, dentista conosciuto e apprezzato per la sua avvenenza.

Sembra andare tutto a gonfie vele, ma la vita di Jasmine cambia quando incontra Jay Hughes, un uomo bello e misterioso, quanto pericoloso.

Jasmine si troverà a vivere un incubo dove la salvezza sembra sempre più lontana.

Chi è davvero Jay? Cosa vuole da Jasmine?

Do not trust

Karen Morgan

Il modo migliore per scoprire se ci si può fidare di qualcuno è dargli fiducia.

- Ernest Hemingway

Prologo

Otto mesi prima.
Lipsia.
È sera, ho appena finito il mio turno al *White Monkey,* uno dei pub più frequentato dai giovani, e sto tornando a casa. Whitney Houston canta dalla radio e io insieme a lei.

È una delle mie cantanti preferite, mi ricorda quando io e mia madre duettavamo sulle note di *I will always love you,* che le ricordava il suo film preferito: *guardia del corpo.*

Un incidente stradale mi ha portato via i miei genitori qualche anno fa e così sono rimasta orfana.

È stato devastante. Sono morti sul colpo e per la prima volta nella mia vita tutto ha perso importanza. Mi sono sentita a pezzi, il mondo mi è crollato addosso.

Ricordo che i primi tempi volevo morire, lo desideravo davvero.

Sono figlia unica, mi sono ritrovata improvvisamente sola. Ho avuto il sostegno dei miei amici, ma non bastava, non era abbastanza.

Purtroppo con la famiglia di mio padre non abbiamo mai avuto buoni rapporti, mentre mamma era figlia unica.

Ma in qualche modo sono andata avanti, per loro. Non ho problemi economici, visto il risarcimento ricevuto dopo il loro incidente, ma ho scelto comunque di lavorare.

Mi fermo. Il semaforo è rosso. Cambio canzone: *I wanna dance with somebody*.

Batto le dita sul volante e attendo che la luce davanti a me cambi colore.

Ricevo un messaggio da Lindsay, una mia amica. Mi chiede se ho voglia di uscire.

Il semaforo diventa verde.

Le risponderò dopo.

Avanzo e il rumore di un clacson supera la voce di Whitney, mi volto e scorgo due enormi fari che mi abbagliano prima di venirmi addosso e... Boom!

Tutto diventa buio.

Quando apro gli occhi, mi sento frastornata. Osservo i muri attorno a me, sono azzurri. Dove sono?

Scorgo vicino al mio letto un'infermiera che sta preparando una flebo.

Sono in ospedale.

La studio perplessa.

Mi sento stremata e senza forze.

«Cosa è successo?» interrogo la donna.

«Hai avuto un incidente, cara.»

Cerco di mettermi a sedere, ma non ci riesco, mi fa male la testa, sembra volermi esplodere, ho un braccio fasciato e dolori ovunque.

«No, sta' giù», mi dice. Appare gentile. Non la conosco né l'ho mai vista. «Devi stare a riposo.»

All'improvviso entra un dottore. «Come sta Jasmine?» chiede alla donna.

Aggrotto la fronte. Mi guardo intorno nuovamente. Non ci sono altre persone in camera.

«Chi è Jasmine?» domando.

Entrambi mi osservano attoniti.

L'uomo si avvicina. Mi sta esaminando attentamente. Non ho la minima idea di cosa voglia da me.

«Signorina, mi dica il suo nome e cognome.»

Sto per aprire bocca, ma la richiudo subito quando mi rendo conto di una cosa:

«Chi sono io?»

Capitolo 1

Sono andata via da Lipsia, ne avevo abbastanza di vivere in un paese dove tutti sapevano chi sono e potevano trovarmi.

A Londra sono una sconosciuta.

Dopo l'incidente non ho ricordato quasi nulla, tranne gli ultimi attimi prima dell'impatto. Poi un giorno, grazie a una canzone, mi sono resa conto di conoscere anche l'inglese, di saperlo parlare e comprendere.

Così ho pensato che non avrei avuto problemi a trasferirmi altrove.

Quando sono stata dimessa dall'ospedale, la mia casa era stata distrutta. Qualcuno aveva fatto irruzione e mi aveva portato via le uniche cose che facevano parte del mio passato: i miei ricordi, comprese le cose legate alla mia famiglia.

Ho trovato un biglietto: *mi hai tolto la vita, io ti tolgo quello che ti resta.*

Era una minaccia. Qualcuno ce l'aveva con me. Inizialmente lasciai perdere, ero appena tornata a casa e non ero pronta ad affrontare un nuovo tornado.

Finché la situazione non è peggiorata. Oltre al fatto che ero diventata lo zimbello del paese e la gente andava e veniva per vedere, o per parlare con *la ragazza che aveva perso la memoria*, qualcuno ha iniziato a importunarmi.

Chiamate sconosciute. Bigliettini. Fiori pieni di spine.

16

Una sera, appena rincasata, trovai la mia finestra rotta, era stata lanciata una pietra macchiata di rosso… non so se fosse sangue, ma sicuramente qualcuno voleva farmi del male.

La polizia non ha mai rintracciato il colpevole.

Non vivevo bene, tutto era diventato troppo.

«Signorina, siamo arrivati», mi dice il tassista.

L'auto si ferma a Kensington, un quartiere di Londra, una zona dove ci sono molte villette, mi guardo attorno e osservo il verde dei cespugli e degli alberi.

Scendo e il tassista mi prende le valigie dal bagagliaio.

Londra è così diversa da Lipsia, forse perché si respira un'aria frenetica quanto tranquilla.

Sono Jasmine Davies, ho ventisei anni, e ho scoperto da poco il mio nome.

Ho perso la memoria in un incidente stradale. Ero io alla guida e un camion mi è venuto addosso.

Dopo mesi di cure ho iniziato a ricordare qualcosa, ma purtroppo non tutto è riaffiorato. Ho scoperto di essere sola, a quanto pare non ho una famiglia. I medici dicono che sono rimasta orfana all'età di diciotto anni e che lavoravo come cameriera. Sembra siano stati informati dai miei datori di lavoro. La cosa mi è parsa strana quando ho visto il mio conto in banca, forse volevo comunque essere indipendente e realizzarmi in qualcosa, anche se non ricordo in cosa.

Mi sono chiesta più volte se avessi degli amici, i medici non lo sapevano e io non mi sono posta la domanda quando ho visto che i giorni passavano e nessuno veniva a cercarmi, forse non solo non avevo familiari, ma neanche amicizie. La domanda che mi è sorta spontanea è perché fossi tanto sola.

Ricordo ancora quando una volta, sono andata in un supermercato per comprare qualcosa da mangiare e un ragazzo mi scattava delle foto divertito. Ho immaginato dovesse mandarle ai suoi amici.

Quella è stata la goccia che ha fatto traboccare il vaso e mi ha portata a prendere la decisione di andare via e ricominciare da capo. La mia vita era stata scombussolata sotto ogni aspetto, quindi era il momento di dare una svolta e ho deciso di cominciare cambiando città, anzi nazione.

Ho scelto Londra perché volevo evadere e volevo farlo per bene.

Quando ero ancora a Lipsia, ho cominciato a cercare tra gli annunci lavorativi e ho risposto a un avviso dove cercavano una segretaria per un dentista. Così ho fatto un colloquio tramite Skype con un certo Ashton Sutter, dentista abbastanza conosciuto.

La fortuna ha voluto che il dottore avesse anche una casa sfitta, quindi ho trovato lavoro e abitazione in una sola volta. Unica pecca è che il mio vicino sarà sempre lui, il dentista.

Non ho mai capito perché abbia deciso di darmi un'opportunità, sarà per il mio volto triste? O perché quando mi ha chiesto di parlargli di me, involontariamente ho iniziato a raccontargli i miei ultimi mesi.

Ricordo ancora la sua frase: «Credo che tu abbia bisogno di una vera opportunità, Jasmine.»

È una situazione strana e forse sarà anche un po' imbarazzante, ma credo che non mi poteva andare meglio di così.

Arrivo davanti alla porta del mio futuro vicino/capo. Sono un fascio di nervi, mi sudano le mani dall'agitazione. Vorrei voltarmi e avere un altro po' di tempo prima di conoscere l'uomo che occuperà le mie giornate d'ora in avanti.

Forza Jasmine, non essere codarda.

Chiudo gli occhi e faccio un respiro profondo. Raddrizzo le spalle e busso. Il cuore mi martella nel petto, quando questa porta si aprirà la mia nuova vita avrà inizio.

Dopo qualche secondo sento il rumore della serratura e un uomo, forse sulla trentina, con un velo di barbetta sul mento, occhi scuri e capelli neri mi sorride cordialmente. *Ammazza però, magari avessi avuto un dentista così figo!*

D'istinto mi sistemo i capelli ramati dietro le orecchie.

«Ehm... Salve.» Alzo la mano per salutarlo.

Lui mi porge la sua e io con piacere la stringo. «Diamoci pure del tu», dice sorridente. «Sono Ashton Sutter. Tu devi essere Jasmine Davies.»

Annuisco. «Sì, in carne e ossa.»

Osserva le mie valigie. «Prendo le chiavi e ti mostro la casa.» Sparisce dietro la porta. Cerco di sbirciare oltre, ma non si vede granché. Riesco solamente a notare un divano nero con un televisore a schermo piatto.

Ashton ricompare e mi accompagna alla porta accanto. È una carinissima villetta bifamiliare con doppio ingresso, tutta circondata da giardino. Apre la porta e mi invita a entrare.

Il posto non è niente male.

«Facciamo un giro», mi dice. Mi aiuta a lasciare le valigie all'angolo dell'entrata e lo seguo stanza per stanza.

L'appartamento sembra adatto a due persone, gli ambienti sono ampi, il pavimento come le pareti sono chiare e regalano luminosità alla casa insieme al gioco di faretti posti nelle controsoffittature.

«È molto carina», commento.

«Per qualsiasi problema, Jasmine, potrai venire da me. Queste sono le chiavi», dice passandomele.

«Grazie», gli sorrido. «Questi sono per i primi due mesi», gli porgo i soldi. Mi aveva già accennato la tariffa via email.

«Ti ringrazio. È andato bene il viaggio?» mi chiede. Annuisco. «Quando hai intenzione di iniziare a lavorare?»

«Oh, anche subito.»

«Se hai bisogno di qualche giorno per ambientarti...» Ashton sa quello che mi è successo e fin da subito è stato molto gentile con me.

In fondo sono Jasmine Davies, la ragazza che ha perso la memoria.

«No, ci tengo a iniziare subito.»

Annuisce. «Bene, come desideri.» È strano avere il mio capo in casa. «Allora, a domani.»

«Mmh, mmh. A domani», e va via.

Sistemo le mie cose nella nuova casa. Sembra strano chiamarla così, ma sono contenta di essere qui.

Più tardi decido di andare a fare un giro per conoscere un po' il posto in cui starò d'ora in avanti. Cammino finché non scorgo un piccolo bar di legno, con le tende da sole a righe verdi e bianche. Sembra molto accogliente. Ci entro e mi accomodo, ordinando un cappuccino.

Il cameriere mi sorride cordialmente quando mi serve.

«Grazie», dico.

«Prego. Se desidera altro non si faccia scrupoli a chiamarmi», risponde.

Annuisco e se ne va.

Dallo stereo fuoriesce *Save a prayer* dei Duran Duran. Ricordo giusto qualche parola della canzone, quando la ascolto un dolore mi attraversa il petto come se quel brano fosse collegato a qualcosa del mio passato, ma che non ricordo.

Bevo il mio cappuccino con del cacao sopra e osservo la vita scorrere al di là dei vetri.

È normale sentirsi a casa, ma allo stesso tempo persi?

Capitolo 2

Il giorno seguente...
Mi siedo dietro la scrivania pronta per il mio primo giorno di lavoro.

Ashton mi ha spiegato in breve i miei compiti e mi ha rassicurato dicendomi che avrò tutto organizzato su un'agenda nel PC.

Dovrei sentirmi elettrizzata per questo inizio, ma non provo niente. Mi sento tranquilla, come se avessi già fatto questo lavoro. Come se non fosse il primo giorno, ma uno dei tanti.

Nell'angolo della stanza c'è la macchina del caffè e accanto un distributore con del cibo.

A metà mattinata Ashton mi chiede: «Tutto bene?»

Passo la mano sulla superficie della scrivania. È di vetro, riesco a vedermi i piedi.

Sorrido. «Sì, hai proprio uno studio allestito bene e ordinato.»

«Grazie.»

«È molto accogliente», aggiungo.

«Se hai bisogno di qualcosa, Jasmine, puoi dirmelo.» Mi guarda premuroso.

«Sto bene.»

«Hai scoperto *Dux*», dice. Inarco un sopracciglio perplessa. «Il market vicino casa. Ieri sera ti ho vista rientrare con delle buste.»

«Oh sì, ho fatto un po' di spesa.»

22

Le parole rimangono sospese in aria e cala un improvviso silenzio. Mi rendo conto che conosco davvero poco quest'uomo, non ho idea di cosa dirgli o di quali argomenti affrontare.

«Ti senti sola?» mi chiede cogliendomi di sorpresa.

Questa domanda mi imbarazza e non perché me l'abbia posta lui, ma perché ha intuito un lato di me. Una verità.

«A volte», ammetto.

Fa un sorriso incerto. «Non te l'ho mai detto, ma mi dispiace per quello che ti è successo.»

Faccio spallucce. «Non fa niente. In fondo, non ricordo quasi nulla...», accenno cercando di essere ironica, ma senza un buon risultato. Abbasso per un attimo lo sguardo, per poi incrociare gli occhi di Ashton. Mi sorprendono per quanto siano scuri.

«Ma ricordi qualcosa dell'incidente!?»

Non so se sia una domanda o una frase quasi affermativa.

«Ricordo solo di aver ripreso a guidare dopo il verde del semaforo, ho sentito un clacson, sono stata abbagliata da dei fari e poi ho visto un camion venirmi addosso.»

Ashton osserva che mi giro i pollici per il nervoso. So che non ricordo assolutamente nulla della mia vecchia vita, ma parlare dell'incidente mi agita sempre.

«Non oso immaginare cosa tu abbia passato nell'ultimo periodo», aggiunge.

«È stato difficile, soprattutto non ricordare le mie origini», abbasso lo sguardo sulle mie mani. «Non ricordarmi dei miei genitori.»

Cala di nuovo il silenzio.

È quello che più mi ha devastata dopo l'incidente. Non sapere chi fossero mio padre e mia madre, non ricordare nulla del mio rapporto con loro.

«È stato come se non fossero mai esistiti, finché non sono andata al cimitero a trovarli e ho visto le loro foto. Ho scoperto che assomiglio terribilmente a mia madre, anche se ho gli occhi scuri di mio padre.» Sorrido amaramente e lo stesso fa Ashton. «Scusa, non so perché te ne stia parlando.»

«Non c'è problema.»

«No, è che...», mi schiarisco la voce. «Dopo quello che è successo non parlo molto della mia vita.»

«Non credi che farlo ti faccia bene?»

«Non c'è molto da dire», accenno un sorriso tirato e lo guardo.

Mi rincuora scoprire che nei suoi occhi non c'è un briciolo di pietà, ma solo tanta compassione.

Vorrei alzarmi e abbracciarlo, perché forse quello che più mi manca è proprio questo: l'affetto.

Ma è il mio capo e non so quanto sia giusto avere un contatto fisico con lui.

«Se vuoi qualche sera possiamo andare a mangiare o bere qualcosa», dice. Sorprendendomi di nuovo.

«Ehm... Sì, perché no.»

Sorride. «Magari potrò farti fare un mini tour di Londra.»

«Mi piacerebbe. Mi sono soffermata solo sulle immagini di Google», dico ironica e gli strappo una risata.

Dopodiché guarda l'orologio che ha al polso. «Tra poco arriveranno i prossimi appuntamenti, è meglio che vada nel mio studio.»

Sorrido e annuisco.

Appena Ashton sparisce dietro la porta, rilasso le spalle e mi lascio andare sulla morbida sedia girevole in pelle nera. Chiudo gli occhi e penso alla domanda che mi ha posto poco fa: *Ti senti sola?*

Apro gli occhi e involontariamente mi scappa una lacrima che cancello prima che mi righi il viso.

Non ho amici.

Non ho genitori.

Non ho ricordi.

Sì, mi sento sola.

Capitolo 3

Un paio di giorni dopo io e Ashton camminiamo per le strade di Londra, con un cheeseburger in mano. Mi parla del suo lavoro, ha scoperto di voler diventare un dentista all'età di diciassette anni. Evita di farmi domande sulla mia vita, oltre al presente non c'è altro da dire. Non so nemmeno quali fossero le mie ambizioni quando ero ancora un'adolescente.

Ashton, cerca di farmi sentire a mio agio e meno sola, e mi piace questa sua attenzione verso di me, potrei definirlo un amico.

Il cappotto color cammello che gli arriva fin sopra alle ginocchia gli sta benissimo.

Fisicamente è un bell'uomo, ma ciò che mi colpisce maggiormente è lo sguardo pulito e i suoi modi educati e gentili che mi fanno sentire tranquilla.

Finito il panino, entriamo in un bar per bere qualcosa.

«Due cioccolate calde», ordina Ashton mentre ci accomodiamo al bancone.

«Hai mai praticato sport?» gli chiedo, curiosa di scoprire di più della sua vita.

«Ho fatto per cinque anni nuoto, due anni di tiro con l'arco e infine mi sono arreso al golf.»

Sorrido divertita. «No, non ci posso credere. Ti sei ridotto al golf come tutti i benestanti.» Non so perché me lo aspettavo. Mi viene in mente il film Dirty Dancing, anche il padre di Baby era un dottore e giocava a golf, anche se non era un dentista.

«Facciamo tutti la stessa fine, sarà il mestiere», ride Ashton. Ha un bel sorriso.

Abbasso gli occhi sulla tazza e sorseggio la cioccolata.

«Come stai?» mi domanda.

«Bene», gli sorrido. «Me lo chiedi spesso.»

«Noto i tuoi silenzi improvvisi. È come se la tua mente a un tratto vagasse altrove. Mi piacerebbe scoprire dove.»

«In realtà non vado da nessuna parte.» Accenno un sorriso. «È tutto strano. Posto nuovo, gente nuova. Tu.»

Beve anche lui. «Cosa c'entro io?»

«Beh, sei il primo uomo dopo il mio incidente che non mi guarda come se fossi un extraterrestre», ribatto ironica facendo ridere Ashton. «Sei la prima persona che mi fa sentire meno sola», aggiungo. Ci guardiamo per qualche secondo di più. Cala il silenzio e il brano *Mt. Washington* dei Local Natives ci fa da sottofondo.

«Hai mai provato a sfogliare l'album dei ricordi per sapere se avessi altre conoscenze?» mi chiede.

Annuisco e appoggio la tazza sul bancone, stringendola tra le mani. «Ho controllato anche le foto su Facebook, ma dopo l'incidente il mio profilo sembrava un fenomeno da baraccone, ero stata taggata in post riguardanti l'incidente, la perdita di memoria e altre immagini strane.»

«Strane?»

Annuisco. «Fiori appassiti, facce di mostri. Tutto tranne che foto con altre persone», accenno un sorrisetto amaro. «Immagino che con quello che mi stesse succedendo, la gente abbia voluto tagliare i rapporti con me.»

Non so il motivo per cui i miei amici, qualora li avessi, non si siano fatti avanti dopo l'incidente, ma immagino che sia stato per via di colui o colei che mi stava minacciando. Sono tornata a casa dopo tanto tempo, ma chissà se mentre ero in ospedale non sia accaduto qualcos'altro.

Non posso sapere se la gente avesse visto in che condizioni era la mia casa.

Non so se qualcuno, nel periodo in cui non c'ero, sia stato contattato dalla persona che voleva ferirmi.

«Sarebbe un comportamento stupido», replica e faccio spallucce.

«A parte le foto, nessuno si è mai fatto vivo. Credevo di poter rintracciare qualcuno attraverso la mia rubrica, ma il telefono nell'incidente si è rotto e non ho potuto recuperare alcun contatto. Alla fine ho pensato, che se qualcuno avesse voluto cercarmi, lo avrebbe fatto e siccome non è successo, probabilmente non volevano avere a che fare con *Jasmine Davies*», enfatizzo il nome. Sospiro. «Ma almeno le password del computer e di Facebook erano segnate su un post-it in camera mia», dico con una nota divertita.

Ashton sorride. «Quindi il tuo profilo è ancora attivo.»

Scuoto la testa. «Ne ho creato uno nuovo. Nuova vita, nuovo tutto.»

Annuisce. «Mi sembra coerente.» Abbozzo un sorriso e sposto lo sguardo sulla cioccolata fumante. All'improvviso la mano di Ashton si posa sulla mia, stringendola. «Hai tutto il mio sostegno, Jasmine. Non sei sola.»

Il cuore mi trema, insieme alla mano avvolta da quella di Ashton. Il suo tocco è caldo e sincero. Lo conosco da poco, eppure è come se lo conoscessi da sempre.

«Ti ringrazio», dico per poi abbassare lo sguardo sulle nostre mani ancora unite.

Mi chiedo se mai qualcuno mi abbia guardata così o toccato le mie mani con tanta dolcezza prima d'ora.

Quando usciamo dal locale, torniamo a casa a piedi.

Una volta arrivati davanti la porta, sto per infilare la chiave nella serratura quando Ashton mi ferma. «Se non è troppo, ti va di bere qualcosa?» mi domanda accarezzandosi la nuca. Un gesto che trovo carino.

«Non vorrei fare troppo tardi. Domani mattina, il lavoro ci chiamerà…»

Annuisce in silenzio. Sembra dispiaciuto. Sta per voltarsi, quando aggiungo: «Ehm… però un bicchierino mi andrebbe.»

Sorride. «Grappa?»

Dopo l'incidente non ho toccato alcol e non so se l'abbia mai fatto in vita mia.

«È buona?» chiedo.

Apre la porta di casa e mi invita a entrare.

«Immagino che lo scoprirò presto», dico.

La luce del salone si accende. È una casa diversa dalla mia, nonostante esternamente si assomiglino molto. La mia è più luminosa e semplice, mentre questa è più… sofisticata ed elegante. Adatta a un dentista.

Ashton prende dal mobile dei bicchieri e una bottiglia. Versa la grappa e mi porge il bicchiere.

«Accomodati», mi invita a sedere sul divano. È davvero comodo. Ci passo la mano sopra, è di vera pelle. Wow.

Si siede sulla poltrona accanto al divano, allunga il braccio e fa tintinnare il bicchiere con il mio.

«Salute», dico.

Lui sorride e buttiamo giù un piccolo sorso.

Strizzo gli occhi e ingollo a fatica. Ashton sembra divertito.

«È…», inizio a dire.

«Forte?» prosegue lui.

«Sì», mi scappa un risolino. «Ma, non è male», mi passo la lingua attorno alle labbra. Mi piace il retrogusto che lascia.

«Oh, dimenticavo…», si alza in piedi e sparisce in cucina. Dopo pochi secondi torna con un piccolo vassoio di acciaio con dei quadrati di cioccolata fondente. «Non si beve mai una grappa senza che venga accompagnata dalla cioccolata.»

«Mmmhhh, mi piace», allungo la mano per prenderne un pezzo.

Ashton torna a sedersi e muove il bicchiere facendo roteare l'alcol all'interno.

Alzo gli occhi e osservo un quadro sulla parete di fronte a me. Ritrae un bambino di colore che vende la frutta per strada, non ha scarpe e i vestiti sembrano sgualciti.

«Forte, vero?» chiede, seguendo il mio sguardo.

«Quel bambino…», sospiro. All'improvviso provo tanta tenerezza per lui.

«Si chiama Emin.»

Guardo Ashton. «Lo hai conosciuto?»

Annuisce. «L'anno scorso sono stato in Africa, un gruppo di medici, compresi dentisti, hanno fatto delle donazioni e di conseguenza siamo andati a trovare la gente del posto. È incredibile come la vita sia diversa lì. Ricordo ancora la felicità nei loro occhi quando gli davi anche un semplice pacco di patatine, o una caramella.»

Sorrido. «Deve essere stata un'esperienza unica.»

Ashton ingoia la grappa. «Assolutamente. È stata forte, emozionante, appagante. È bello sentirsi importante, ma è meraviglioso il modo in cui ti guardano, diventi il motivo del loro sorriso.»

«E hai conosciuto Emin?»

Asserisce.

«Perché hai scelto lui per il quadro?» chiedo.

«Lui è diverso.» Fa una pausa. «Emin è solo, non ha una famiglia, si trova da mangiare da solo, quei pochi soldi che guadagna li conserva per comprare del cibo e regalarlo agli altri bambini. Su dieci cose acquistate, lui ne tiene solo una.» Mi brillano gli occhi mentre ascolto Ashton. «La sera, va al suo solito posto, un marciapiede coperto da una tettoia rovinata e dorme lì.» Mi racconta con tanta amarezza.

Involontariamente scende una lacrima sul mio viso. La asciugo. «È un bambino speciale», commento.

«Lo è.» Guarda il quadro. «Non ha bisogno di parole, basta scrutare quelle iridi scure per capire Emin.»

«C'è chi espone la sua anima solo con gli occhi.»

I nostri sguardi si incrociano. Cala il silenzio. E all'improvviso sembra come se tutto stesse cambiando, a un tratto mi sento legata a quest'uomo. Possono uno sguardo, una semplice chiacchierata e un bicchiere di grappa, fare questo effetto?

Trascorriamo il resto della serata a parlare, scopro che ad Ashton piacciono i film in bianco e nero, adora anche tutto ciò che riguarda gli anni ottanta. Mi mostra qualche vecchia foto di famiglia, è curioso vedere come ci si vestiva parecchi anni fa. Ha uno scaffale pieno di libri classici, che legge sorseggiando un buon bicchiere di vino o grappa.

Sorrido e appoggio il bicchiere sul tavolino davanti a me. Strofino le mani sulle ginocchia e penso di alzarmi e andarmene, ma Ashton mi trattiene ancora quando mi chiede di raccontargli di Lipsia.

«Non ci sono mai stato», commenta.

«Non c'è molto da dire in realtà. A parte il fatto che è una città centro di commerci e fiere...»

«So che è piena di musica e cabaret», replica.

«Allora qualcosa la sai.» Fa spallucce e continua a guardarmi. «Sì, è vero. Ci sono dei fantastici spettacoli di cabaret, le persone amano ballare e cantare. A Natale è tutto molto amplificato. È impossibile non sentirne la magia.» Sorrido amaramente e abbasso lo sguardo.

«Com'è la gente di Lipsia?»

Faccio spallucce. «Non male...», faccio una pausa, «ma ultimamente era diventata troppo curiosa.»

Ashton mi scruta attentamente.

«Ricordo che qualche settimana dopo l'incidente, ho iniziato a ricevere dei doni. Trovavo dei cesti pieni di cibo sotto il portico, inizialmente tutto mi rincuorava, credevo fosse per farmi sentire meglio.»

«E invece?»

«E invece dopo la situazione è diventata incontrollabile. Ero diventata la ragazza senza memoria, la sopravvissuta, colei che non ricordava altro se non il suo nome. La gente si presentava sotto casa con dei regali solo per poter avere la possibilità di farmi delle domande e soddisfare le loro curiosità.»

Ashton storce il muso e annuisce con la testa, congiungendo le mani. «Mi stai dicendo che il popolo di Lipsia è solo stupido, superficiale e maledettamente curioso?»

Mi strappa una risata. «Proprio così, o almeno lo è stato con me.»

«Ti piaceva Lipsia?»

Faccio spallucce e sospiro. «Credo di sì, ma tutto era diventato stretto.»

«Hai mai pensato di provare a ricostruire tutto?» mi chiede.

Una domanda che non mi ha fatto mai nessuno. Nemmeno la polizia.

Esito. Mi guardo le mani, poi mi volto verso la finestra. Guardo la luna in cielo. È bellissima, piena e maestosa.

«Volevo solo ricominciare e ho iniziato da me», rispondo.

Capitolo 4

Apro gli occhi, è mattino. La luce fioca attraversa la finestra e illumina la stanza.

Ricordo frammenti di questa notte. Dopo la chiacchierata Ashton mi ha accompagnata sotto casa, anche se è praticamente accanto alla sua, mi ha dato la buonanotte e ci siamo salutati. Ma non c'è niente da dire su questo, quelli che mi sono rimasti impressi sono il suo sguardo e il suo sorriso prima di sparire dietro la porta. È stato come se dicesse: "Ci vediamo domani. E anche domani non sarai sola."

All'improvviso qualcuno suona il campanello. Scendo dal letto, mi do una controllata allo specchio e vado ad aprire. Resto senza parole quando appare una ragazza dai capelli neri e gli occhi scuri, un fisico esile, e un cesto di fiori tra le mani.

«Ciao! Io sono Olivia Fore, volevo darti il benvenuto e conoscerti», si presenta entusiasta.

Per un attimo mi sembra di tornare a Lipsia, quando la gente veniva a bussare a casa mia per vedere il fenomeno del momento.

Esito e la ragazza se ne accorge. «Scusami, forse non ti piacciono i fiori», guarda la cesta.

«No, sono belli…»

«Sono per te», aggiunge.

La scruto attentamente. Non sembra malvagia, ha un viso pulito e un sorriso ingenuo. «Grazie», rispondo incerta mentre prendo il cesto.

«E il tuo nome qual è?» mi chiede.

Davvero non sa chi sono? Beh, può essere. Alla fine non è detto che tutto il mondo sappia ciò che mi è successo.

«Sono Jasmine Davies.»

Allunga la mano e gliela stringo.

«Benvenuta Jasmine, sei nuova, vero?»

Annuisco. «Sono di Lipsia.»

«Oh, della Germania. Cosa ti spinge a Londra?» chiede, ma distolgo lo sguardo per evitare di rispondere.

«Scusami, forse sono troppo invadente.»

«No... diciamo che avevo bisogno di dare una svolta alla mia vita.»

Annuisce. «Ti capisco. Anche io l'ho fatto anni fa.»

«Davvero?»

«Sì. Vivevo a Roma, in Italia.»

«Oh...»

«Infatti il mio nome è metà italiano e metà straniero. Mia madre è italiana, mentre mio padre è inglese.»

«Vive a Londra?» chiedo.

«No, è morto nove anni fa.»

All'improvviso mi sento a disagio. Spero di non aver sollevato dei brutti ricordi. Anche se dal sorriso di Olivia sembrerebbe di no. «Mi dispiace, io...»

«Non ti preoccupare. Non avevo un buon rapporto con lui, in realtà lo conoscevo poco. I miei hanno divorziato tre anni dopo la mia nascita e dopo due mio padre si è sposato con un'altra donna. Quindi, il nostro non era un legame padre figlia.»

Annuisco e accenno un sorriso dolce.

È la prima ragazza che conosco che preferisce parlare di sé, piuttosto che di me.

Attende ancora sotto la porta. Non voglio mandarla via, sembra simpatica ed è stata gentile a darmi il benvenuto nel nuovo quartiere, anche se poi mi ha raccontato di suo padre.

«Beh, dopo che mi hai raccontato metà della tua vita, posso offrirti il caffè?» le domando.

I suoi occhi brillano. «Sì, grazie.»

Spalanco la porta e la faccio entrare.

Chissà, magari sto per avere una nuova amica.

«Così hai conosciuto il dottor Sutter», dice mentre si guarda attorno.

«Ehm… sì, in realtà lavoro per lui.»

Si gira di scatto e apre la bocca. «Davvero?» Annuisco.

«Wow, presto tutte le donne del vicinato ti odieranno.»

Storco la bocca mentre andiamo in cucina per preparare il caffè. «Perché?»

«È un tipo difficile da avvicinare. Non cade facilmente in tentazione. Sai quante di noi ci provano con lui?» commenta divertita mentre si accomoda.

Sorrido. «Non sembra affatto un tipo difficile.»

«Non è una facile preda», aggiunge. «Hai amici qui?»

«No.»

«Wow, hai dato proprio un taglio netto alla tua vita.»

Verso il caffè nelle tazze e mi accomodo. «Sì, non ne potevo più.»

«Delusione d'amore?» chiede mentre prende un po' di zucchero.

Esito nel rispondere. Olivia sembra innocua e avere un'amica, oltre Ashton con cui passare il tempo mi piacerebbe e si sa, nessuna amicizia nasce senza un minimo di fiducia e qualche confidenza.

Inoltre, Olivia si è già, in parte, fatta conoscere, forse anche lei si sente sola.

Perché nascondersi?

Così decido, di non dare troppo peso alle parole e parlare: «Perdita di memoria», ribatto e sorseggio il caffè.

Olivia resta senza fiato, il cucchiaino sospeso per aria. «Come?», domanda sbigottita.

«Ho avuto un incidente che mi ha fatto perdere la memoria.»

Deglutisce e allontana lo zucchero. Immerge il cucchiaino nel caffè per girarlo. «Mi dispiace, non ne avevo la più pallida idea.»

Le sorrido. «Ne sono contenta.» Olivia mi guarda perplessa. «A Lipsia sapevano tutti chi fossi e cosa mi fosse successo. È bello conoscere qualcuno che non mi veda come la ragazza che ha perso la memoria. Anche se adesso lo sai.»

Fa un gesto davanti alla bocca. «Terrò la bocca cucita.»

«Grazie.»

Mi piace Olivia, sembra una brava ragazza.

«Non deve essere stato facile.»

«Per niente», sospiro.

«Hai avuto un aiuto?» mi chiede. Nota il mio silenzio. «Ne hai parlato con uno psicologo?»

«Ho fatto qualche seduta, mi ha aiutato a gestire la situazione, a mantenere la calma per non avere attacchi di panico. Ma nulla di tutto ciò è bastato.»

«Ma è pur sempre un inizio.»

Annuisco e finisco il mio caffè.

«Tu lavori?» le domando.

«Sì, faccio la commessa in una gioielleria: Tiffany & Co.»

Sgrano gli occhi. «Wow. Fico! Deve essere incantevole.»

Fa spallucce, come se Tiffany non le facesse alcun effetto. «Non amo molto i gioielli.»

«Oh, e perché ci lavori?»

«Perché avevo bisogno di guadagnare e lì mi pagano bene», ribatte sorridente e io ricambio.

Quando torno a casa, dallo studio dentistico, è quasi sera.

Oggi è andata meglio. Mi sono sentita meno sola, Ashton è ogni giorno più carino con me e il lavoro mi piace.

Getto la borsa sul divano, vado in cucina e mi preparo un'omelette. Questa sera fanno X Factor in televisione, non ho nessuna intenzione di perdermelo.

Alle 09:00 PM in punto mi accomodo sul divano e accendo la TV.

Le ore passano velocemente, senza accorgermene alzo gli occhi e scopro che è mezzanotte. Al termine del programma, non ho sonno, così decido di prendere il portatile e chiedere l'amicizia a Olivia e ad Ashton su Facebook.

Osservo attentamente la foto profilo di Ashton. Indossa un completo scuro, è seduto su una poltrona di pelle e ha in mano un calice di vino. Sembra trovarsi in qualche posto di lusso, studio il verde attorno a lui e le luci del posto.

Sorride e immagino che la persona che gli abbia scattato la foto sia rimasta ammaliata da lui. È un bell'uomo, ci credo che l'intero vicinato cerchi di averlo. Mi viene da ridere all'immagine di mille donne che lo inseguono e lui che corre disperato allontanandosi da loro.

Olivia ha appena accettato la mia amicizia. Ha una foto con un cane, deve essere il suo. È dolce.

All'improvviso ricevo una richiesta di amicizia da un certo Jay Hughes. Chi è?

Prima di accettare visito il suo profilo, ma non riesco a scoprire molto. C'è la privacy e per avere maggiori informazioni dovrei prima accettare la sua amicizia.

Guardo l'orario, si sta facendo tardi. Chiudo Facebook e spengo il portatile e il televisore.

Vado in bagno e mi metto a letto.

Jay Hughes. Chi sei?

Capitolo 5

Stamattina dopo essermi preparata decido di andare a fare colazione al bar qui vicino, prima di andare al lavoro.

Prendo un croissant alla crema e un caffè, e coincidenza vuole che incontri proprio Olivia.

«Ehi!», mi sorride.

«Anche tu colazione prima di andare al lavoro?» le chiedo avvicinandomi al suo tavolo.

Annuisce mentre sorseggia il caffè. «Accomodati.» E così mi siedo di fronte a lei. «Svegliarsi la mattina è sempre un trauma, soprattutto se hai trascorso parte della nottata a fare una maratona di serie TV.»

Sorrido. «Ti piacciono?»

«Sono la mia droga. Tu?»

«Io cosa?»

«Ne guardi?»

Scuoto la testa. «Diciamo che dopo l'incidente ho perso interesse per parecchie cose.»

«Beh, avrai trovato un modo per passare il tempo.»

«Sì, non ho fatto altro che seguire i quiz televisivi.»

Olivia mi guarda perplessa. «Sono cose da vecchi!» commenta.

Sorrido divertita. «Non è vero, allenano la mente.»

Muove la testa mentre si passa un tovagliolo sulla bocca. «Non va bene. Dobbiamo assolutamente organizzare una serata *"I love serie TV"*.»

«Che cosa?» mi scappa un risolino.

«Hai capito bene. È il nome della serata», dice facendomi l'occhiolino. «Caramelle, patatine, pizza e serie TV. Non posso crederci che tu non l'abbia mai fatto.»

Accenno un sorriso tirato. «Credo di no, qualora fosse il contrario... non me lo ricordo.»

Olivia rimane un secondo inerme e poi si morde la lingua. «Scusa. Sono una frana, a volte parlo senza dare peso a quello che dico...», inizia a farfugliare.

Le prendo la mano. «Non ti preoccupare», le sorrido. «Mi piace il fatto che parli senza pensarci. Sei spontanea.»

Olivia si rasserena e mi stringe la mano.

«Posso parlarti di una cosa?» le chiedo.

«Certo.»

«Questa notte ho ricevuto una strana richiesta su Facebook.»

«Oh... Proposte imbarazzanti?»

«Forse avrei preferito», ribatto ironica e scoppiamo a ridere. «Comunque no, nulla di interessante.»

«Allora cosa c'è di strano?»

«Un certo Jay Hughes. Non ho la minima idea di chi sia e le informazioni sono visibili solo a chi accetta la sua amicizia a quanto pare.»

«Quindi non sei riuscita a vedere una sua foto?» mi domanda.

Scuoto la testa. «Solo l'immagine del profilo, è scattata da lontano e non si vede bene il viso, ma sono sicura di non conoscerlo.»

«Avete amici in comune?»

«No, è questo che mi fa strano. Come mi ha trovata?»

Olivia fa spallucce. «Forse gli sei apparsa tra i suggerimenti... Ah no, quelli escono quando hai delle amicizie in comune con l'altra persona.»

«Potrebbe essere qualcuno del mio passato...», dico preoccupata.

«Sarebbe un problema?»

«Non so... Sono qui per iniziare una nuova vita, voglio lasciarmi alle spalle il passato.»

«Magari è solo un tizio che ti ha adocchiata ed è riuscito a trovarti su Facebook. Può succedere sai? A me è successo.»

«Davvero?»

Annuisce. «Una volta, mentre ero al lavoro, un tizio mi fissava costantemente. Inizialmente pensavo fosse un fottuto pervertito, invece poi fu dolcissimo. Ricordo che mi mandò l'amicizia su Facebook, mi corteggiava sia via chat che mandandomi fiori e dolcetti al negozio.»

Le sorrido. «Che bello! E poi cosa è successo?»

«Poi si è rifatta viva la ex ed è sparito», fa un broncio.

«Un vero stronzo!»

Mi copro la bocca per non ridere. «Quindi, secondo te, dovrei accettare?» dico dopo che sono riuscita a ricompormi.

«Devi fare quello che senti di voler fare. Non sei costretta a far niente, se sei indecisa, lascia tutto come sta senza confermare né rifiutare.»

Annuisco. Guardo l'orario dal telefono. «Adesso devo andare, Ashton apre tra dieci minuti.»

Lei sorride. «Buona giornata», si alza in piedi e ci salutiamo con un bacio sulla guancia.

«Anche a te, se vuoi più tardi passa da casa», la invito.

«Ti scrivo.»

Sono al lavoro da due ore e l'agenda è piena di appuntamenti. Ashton ha molti clienti e lavora tantissimo. La giornata passa in fretta, tra gente cordiale e arrogante o presuntuosa.

Terminati gli appuntamenti io e Ashton decidiamo di tornare a casa insieme, per un attimo, solo per un attimo, mi perdo nei suoi occhi mentre mi racconta di come ha calmato un bambino che aveva paura per il suo dentino. Dice che è entrato nello studio impaurito, ma è andato via sorridente e con un amico in più.

Inoltre, Ashton, la settimana prossima parteciperà a un convegno in città. Ci sarà anche Brunetti, un dottore molto conosciuto nel Regno Unito.

Durante il tragitto resto in silenzio ad ascoltare le sue parole, quando arriviamo davanti casa, mi chiede come sto.

«Bene», dico, ma senza guardarlo negli occhi.

«Sicuro?»

Deglutisco. Lo guardo dritto in faccia. «Sto bene, ho solo qualche pensiero per la testa, nulla di preoccupante.»

«Jasmine, sai che se vuoi parlarne…»

«Sì, lo so», lo interrompo accennando un sorriso. «Forse sono solo paranoica», faccio spallucce.

«Avevo notato che qualcosa non andava, oggi sei stata silenziosa.»

Non rispondo. Distolgo lo sguardo e prendo le chiavi dalla borsa.

«Se vuoi evitare di parlarne lo capisco, però mi piacerebbe sapere cos'è che ti turba.»

«Ho solo difficoltà nel riprendere del tutto la mia esistenza, a fidarmi di chi ho davanti, tutto qui…», dico sentendo un forte bruciore in gola.

«Un passo alla volta Jasmine, un passo alla volta», ribatte e annuisco. Lo so che ci vuole del tempo. «Credo che tu ti stia già riprendendo alla grande, non è facile dare una svolta così drastica alla propria vita, tu l'hai fatto ed è un enorme traguardo», continua riuscendo a strapparmi un sorriso.

«Spero di raggiungerne altri», replico.

Ashton sorride dolcemente e all'improvviso mi accarezza una guancia. Avvampo, non mi aspettavo che mi toccasse. Allontana la mano e si avvicina per darmi un bacio sulla guancia. «Dove la vita toglie, prima o poi restituisce, dalle del tempo e vedrai.»

Le sue parole mi arrivano dritte al cuore.

Scruto le sue iridi e le curve del suo viso. Ashton è così bello e profondo, l'uomo che tutte desidererebbero.

Lui mi piace.

Mi chiedo se nella mia vita passata mi sia mai innamorata di qualcuno o se sia mai stata amata.

Chissà se ho avuto il mio primo amore, quello adolescenziale, che fa sognare.

Mi dispiace non avere ricordi di questo.

«A domani, Jasmine.»

«A-a domani», dico con il cuore in gola. Infilo le chiavi nella serratura ed entro in casa, chiudendo velocemente la porta alle mie spalle.

Prima di andare a dormire, io e Olivia parliamo un po' al telefono. Mi ha mandato il suo numero su Facebook, l'ho salvato in rubrica e l'ho chiamata.

«Ti ho visto oggi con il dottor Sutter. Ti ha dato un bacio, non ci posso credere!» esordisce.

«Mi ha dato solo un bacio sulla guancia, non era un bacio vero.»

«Era pur sempre un bacio. Dio, quanto ti invidio.»

Rido di gusto e mi lascio cadere sul letto.

«Non dirmi che a quel tocco non hai provato niente», aggiunge Olivia.

«Non mi è indifferente.»

«Oh, non lo è a nessuno baby», ribatte e mi strappa nuovamente un sorriso.

«È una persona gentile e profonda.»

«Lo so, è l'incarnazione della perfezione. Dove lo trovi un uomo bello e sexy che sia anche gentile, rispettoso e ricco?»

«Direi benestante», commento.

«I soldi non gli mancano, è decisamente ricco.» Alzo gli occhi al cielo. «Altri spasimanti stronzi oggi in negozio?» le domando.

«No, per fortuna. E tu cosa hai fatto con Jay Hughes?»

«Ancora niente», chiudo per un attimo gli occhi e ripenso alla richiesta di amicizia lasciata in sospeso.

Terminata la chiamata, prendo il portatile, mi accomodo nuovamente sul letto e lo accendo.

Entro su Facebook e in primo piano appare un video di un incidente avvenuto a Cambridge, due feriti, l'autista che ha causato l'incidente è deceduto sul posto.

Mi fa pensare a quello che è successo a me, è così che mi hanno trovata quando sono venuti in mio soccorso?

Inizio a sentire un senso di angoscia e tristezza, per un attimo siamo io e le persone del video.

«Signorina, signorina... Come si chiama?» mi chiede un tizio.

Sembra un dottore.

Un flashback appare davanti a me, scuoto la testa e scorro la pagina per non continuare a vedere il video.

Noto una notifica, Ashton ha accettato la mia richiesta di amicizia, mentre quella di Jay è ancora in sospeso.

Sospiro, esito per qualche altro secondo e accetto.

Visito il suo profilo, finalmente le informazioni sono visibili, anche se non sono molte. È un uomo di trentacinque anni, vive a Londra e... anche a Reading?

Avrà due case?

Guardo gli album, non ha molte foto. Solo una di Londra, un panorama, una dove è seduto in spiaggia, probabilmente è stata scattata altrove anche se non c'è scritto il nome del posto. Una scattata alle sue spalle mentre osserva un quadro.

Osservo la sua foto profilo, è lui, ma preso da lontano. Dietro un'insegna con su scritto "*Il giardino dei ricordi*", questo posto mi sembra familiare, ma non ho la minima idea di dove si trovi.

Jay è vestito di scuro, un jeans e una t-shirt. Non sorride all'obbiettivo, tutt'altro ha un'espressione seria. Forse non gli piace essere fotografato, o è voluta.

Ha poche amicizie. Poche foto. Pochi post pubblicati, ma è online.

Il cuore mi balza in gola, come se Jay potesse osservarmi. Esco dal suo profilo e torno alla pagina iniziale di Facebook.

Scrivo un messaggio a Olivia spiegandole di aver accettato l'amicizia di Jay e delle poche informazioni trovate sul suo profilo.

Sussulto quando all'improvviso appare un messaggio. Jay mi ha scritto.

"Ciao Jasmine, grazie per aver accettato la mia amicizia."

Deglutisco, rileggo il messaggio per altre due volte. È notte ed è come se Jay avesse aspettato che accettassi la sua amicizia.

Prendo coraggio e gli rispondo.

"Ciao. Ci conosciamo?"

46

Rispondo diretta. Fisso lo schermo, è online, ma non risponde alla mia domanda.

Attendo, passa qualche minuto e finalmente la chat suona.

"Adesso sì :-)"

Uno smile. Cerco di rilassarmi, ma mi riesce difficile.

"Non abbiamo amici in comune. Come mi hai trovata?"

La sua risposta è immediata.

"Ieri sono venuto in studio, dal dottor Sutter. Volevo prendere un appuntamento e mi sono accorto che ha una nuova segretaria. Ti ho vista e mi sei piaciuta, così ho sbirciato il tuo nome sul cartellino sulla scrivania e ho cercato le varie Jasmine di Londra, fino a trovarti."

Non mi piace il fatto che si sia messo a cercare il mio nome pur di trovarmi. Sembra un atteggiamento strano… Quale persona sana di mente farebbe questo?
Ma almeno adesso so come mi ha trovata.
Gli rispondo.

"Deve essere stata una ricerca faticosa."

Invio.
Jay visualizza immediatamente.

"Abbastanza. Mi rispondi a tono. Devi avere un bel caratterino :-)"

47

Un altro smile.

Contatta tutte le segretarie che gli piacciono?

Visualizzo, ma non rispondo.

Cosa dovrei dirgli?

"Anche a me piace leggere."

Mi scrive nuovamente.

Gli mando dei punti interrogativi per capire a cosa si riferisca e fa cenno al mio ultimo post pubblicato, una citazione da un libro di Ken Follett.

"È uno dei miei autori preferiti."

Aggiunge. Non so perché, ma sorrido.

"E il tuo qual è?"

Mi chiede.

Sospiro e inizio a digitare dicendogli che piace molto anche a me Ken Follett, ma che ho un debole anche per Stephen King e Glenn Cooper.

"Di solito alle ragazze piacciono i romanzi."

Gli rispondo che gradisco anche quelli.

"Sei nuova a Londra? Non ti ho mai vista prima d'ora."

Alla sua domanda il cuore inizia a battermi all'impazzata. È una domanda trabocchetto? Come fa a sapere che sono nuova? Ci sono milioni di persone a

Londra, può succedere che non mi abbia mai vista prima d'ora.

È una persona che conosco? Cosa vuole da me questo tizio?

"Sono un imprenditore, conosco molta gente e una ragazza bella come te non passa di certo inosservata. Capelli rossi, occhi scuri, carnagione bianca. :-)"

Un altro sorriso.

Un imprenditore.

Forse è davvero un tipo molto conosciuto, forse la sua domanda voleva essere solo un mezzo per arrivare a farmi un complimento.

O forse c'è davvero qualcosa che non torna.

Sospiro e digito:

"Hai pochi amici su Facebook, immagino che un imprenditore abbia un numero elevato di contatti."

Provo a dirgli.

Attendo la sua risposta, inizialmente tarda ad arrivare, ma alla fine lo schermo lampeggia.

"Questo è il mio profilo privato. Ne ho un secondo per il mio lavoro, se vuoi ti scrivo da lì."

Ingoio a vuoto. Visito di nuovo il suo profilo, leggo nelle informazioni che nella sezione lavoro e istruzione c'è scritto "Imprenditore".

Sospiro.

"No, non ce n'è il bisogno."

Invio.

Allora perché il mio cuore continua a palpitare?

Perché continuo a sentirmi insicura?

"Adesso devo andare Jasmine, lieto di aver fatto la tua conoscenza. Anche se minima e breve. Buonanotte."

Mi sta lasciando andare.

Scrollo le spalle, mi tranquillizzo.

Se ci fosse qualcosa sotto non abbandonerebbe facilmente la chat, o sbaglio?

Magari sono io che continuo a farmi le solite paranoie post trauma.

Dopo l'incidente ho fatto con le persone come si dice "di tutta l'erba un fascio", dovrei finirla e stare più tranquilla.

Sono a Londra, non più a Lipsia.

"Buonanotte."

Invio, chiudo Facebook e il portatile.

Non riesco a dormire, continuo a pensare alla conversazione avuta con Jay. Mi scriverà ancora?

Poi ripenso all'incidente e al passato che non ho più.

Scuoto la testa e strizzo gli occhi.

Mi metto a sedere e sospiro. Guardo l'orario: 03.00 AM.

Merda.

Ho bisogno di rilassarmi.

Così vado in bagno e riempio la vasca. Accendo una candela profumata e quando è tutto pronto mi immergo nell'acqua. Appoggio la testa contro il marmo e chiudo gli occhi.

Non è la prima volta che mi succede.

Anche dopo l'incidente ho dovuto ricorrere a dei bagni notturni per rilassarmi e cacciare via i pensieri. E devo dire che ha sempre funzionato. In qualche modo mi aiuta. Sto per lasciarmi andare quando all'improvviso sento una voce: «Jasmine!», mi chiama.

Sussulto e mi guardo attorno. Non c'è nessuno. Ho un déjà-vu. Come se questa cosa fosse già successa, ma non ricordo bene quando, né dove.

Il cuore mi batte all'impazzata, ho il telefono vicino a me qualora dovesse succedere qualcosa.

Attendo qualche altro minuto, ma non accade nulla.

Era la voce di un uomo.

Un uomo ha pronunciato il mio nome.

È successo davvero o l'ho solo immaginato?

Capitolo 6

Una settimana dopo…
In questi giorni ho pensato molto alla voce sentita. Era quella di un uomo e sono sicura che non è la prima volta che mi succede qualcosa di simile.

Anche a Lipsia, un giorno, mentre andavo a prendere dei pasticcini, mi sono sentita chiamare.

In quel momento non ci ho fatto caso, ho pensato che magari c'era qualcuno che aveva il mio stesso nome.

Ma questa volta… ero da sola.

E di Jasmine, ce n'era solo una.

Il dottore mi ha detto che con il tempo i miei ricordi sarebbero potuti riaffiorare. Ciò che ho sentito era reale o era un frammento che la mia mente mi ha voluto far rivivere?

Ashton è al convegno di cui mi aveva parlato la settimana scorsa. Allo studio non ci verranno clienti, ma sono qui per organizzare i prossimi appuntamenti e per coloro che devono prenderne.

Ho appena finito di bere il caffè preso dalla macchinetta. Oggi è una bella giornata, c'è il sole e Londra sembra più viva che mai.

Mi sono alzata di buon umore.

Dopo ho intenzione di andare a comprarmi un profumo: *Gucci Bloom*. Me lo ha fatto sentire Olivia e mi sono subito innamorata.

A fine giornata, chiudo tutto a chiave ed esco dallo studio, dirigendomi alla profumeria più vicina. Mentre guardo la vetrina, scorgo una sagoma alle mie spalle in lontananza. Mi sta osservando? Mi volto di scatto, ma non vedo nessuno.

La gente passeggia tranquilla, mi guardo attorno, non riconosco alcuna persona.

«Signorina, tutto okay?» una mano si appoggia sul mio braccio.

Sussulto e incrocio gli occhi di una donna. Osservo la sua divisa elegante e capisco che è la commessa del negozio.

Le sorrido. «Sì, mi era sembrato di vedere qualcuno.»

Mi studia attentamente. Penserà che sia pazza.

«Volevo entrare...», aggiungo.

«Prego», mi sorride e mi fa strada.

Ci sono una miriade di profumi, sono bellissimi e vorrei acquistarli tutti.

«Ne cerca uno in particolare?»

Annuisco. «Gucci Bloom.»

La donna sorride. «È il mio preferito», commenta mentre prende delle chiavi e apre una vetrinetta.

Abbandono il negozio contenta del mio nuovo acquisto. Non vedo l'ora di provarlo, chissà se ad Ashton piacerà.

Ma perché ci sto pensando?

Scuoto la testa. Ashton è un bell'uomo, ma è il mio capo. E resterà tale.

Ricevo una notifica da Facebook che mi distrae da Ashton:

"Jay Hughes ha messo mi piace alla tua foto"

Apro la notifica e la foto è quella mia, di Olivia e Bubu, il suo cane, scattata l'altra sera al parco. Un passante è stato così gentile da farcela.

Jay non mi ha più scritto da quella volta. Chissà perché...

Neppure io l'ho contattato. Non lo conosco, cosa dovrei dirgli?

Mi sono chiesta molte volte come mai quella sera mi abbia cercata per poi sparire. Che senso ha iniziare a parlare con una persona se poi non la si contatta più?

Non che io desideri essere contattata da lui, ma la situazione mi è sembrata strana fin da subito.

All'improvviso, il mio telefono vibra, penso sia Jay, come se mi potesse leggere nella mente, ma è un messaggio di Ashton. Mi chiede com'è andata al lavoro. Che carino.

"Tutto bene, grazie. A te il convegno?"

Invio.

La risposta non tarda ad arrivare e mi scappa un sorriso quando leggo *"lungo e noioso, per fortuna c'era del cibo"*, scuoto la testa divertita.

Alzo lo sguardo e osservo una coppia seduta di fronte a me. Stanno mangiando un gelato, sono felici e innamorati.

Mi chiedo se nella mia vita passata abbia mai vissuto un amore così.

Inizialmente si sperava che i ricordi riaffiorassero, ma così non è stato.

Ormai sono svaniti, come se non fossero mai esistiti. I medici me lo avevano detto e io ero pronta, ma non credevo che sarebbe stato difficile e doloroso farci i conti.

È brutto non conoscere il tuo passato, quello che hai fatto e vissuto. Le prime esperienze, le serate con gli amici, i primi amori.

Tutti i momenti felici passati con i miei genitori, ma anche quelli brutti.

È triste non sapere di loro, non ricordare la loro voce e a malapena il loro volto.

È tremendo sapere che hai vissuto parte della tua vita e non ricordarla. Perdere ogni tipo di ricordo e non poterlo riavere mai più.

Ti senti svuotata ed è così che mi sono sentita subito dopo l'incidente.

Adesso quella sensazione si è attenuata, ma ci sono cose che la risvegliano e quando si fa risentire fa sempre male.

Il telefono squilla, è Olivia che mi chiama.

«Allora, l'hai preso?» mi chiede.

«Sì, è proprio tra le mie mani», guardo il profumo in busta.

08:30 PM.

È sera e Ashton è tornato dal convegno. Ha bussato alla mia porta con due pizze e delle birre.

È stato buffo trovarlo così davanti alla mia porta, come se fosse il fattorino delle pizze.

Gli ho chiesto cosa ci faceva e mi ha risposto che non aveva nessuna voglia di mangiare da solo, e sinceramente nemmeno io.

Ci siamo accomodati sul divano, abbiamo iniziato a mangiare e abbiamo visto un thriller e quando in una scena ho sussultato, Ashton ha allungato un braccio avvolgendomi. Inizialmente è stato strano, ma poi mi sono lasciata coccolare.

«È stato bello», commenta alla fine del film.

55

Piego le ginocchia al petto. «Mmmhhh, lei era inquietante.» Se continuo a pensare a quella bambina, la sognerò questa notte.

Ashton ride. Il suono della sua risata è sublime. «Piuttosto... È stata bella la serata», dico con un pizzico di imbarazzo.

Mi sorride. «Sì, è vero. Dobbiamo rifarla altre volte», replica.

Annuisco. Rimaniamo in silenzio a guardarci, quando l'aria diventa tagliente e i suoi occhi mi stanno per ridurre in gelatina, mi alzo e prendo le scatole della pizza per buttarle.

«Ho visto la foto di te e Olivia al parco», dice. «Sono contento che tu abbia trovato un'amica.»

«Sì, anche io. Olivia è simpatica.»

«Stai molto bene in quella foto», aggiunge e io lo ringrazio. «Sembri serena.»

Davvero? Non ci ho fatto caso.

Nelle foto mi vedo sempre uguale.

Faccio spallucce. «Forse in quel momento lo ero.»

Ashton corruga la fronte. «In quel momento?» ripete. «Non lo sei in questi giorni?»

«Sì, sì...», faccio una pausa. «C'è un uomo...»

«Qualcuno che ti importuna?» chiede, e all'improvviso sembra pronto a difendermi.

«No», rispondo con un sorriso cercando di tranquillizzarlo. «Non lo conosco, si chiama Jay Hughes, dice che è un imprenditore.»

Ashton ci pensa su, ma l'espressione del suo viso mi fa pensare che non conosca nessun Jay Hughes.

«Mi ha contattata la settimana scorsa, abbiamo parlato un po' e poi è sparito.»

«E questo ti dispiace?»

«No. È che mi chiedo quale sia il motivo.»

56

Ashton fa spallucce. «Forse voleva scambiare due parole in quel momento.»

«Perché?» insisto.

«Magari si annoiava.»

«E perché proprio io?» chiedo, ma Ashton resta in silenzio. «Voglio dire, non avevo nessun amico in comune con questo tizio, mi ha vista allo studio.»

«Può succedere.»

«Sì, lo so...»

Ashton nota la mia incertezza. «Di cosa hai paura? Credi che sia una persona pericolosa?»

«No. Non lo so... Forse sono solo io che parto prevenuta, magari è come hai detto tu, forse ha voluto trascorrere un'oretta a parlare perché si annoiava.»

«Jasmine.» A un tratto il tono di Ashton diventa severo. Si avvicina e mi prende la mano, chiudendola tra le sue. «Se qualcuno ti facesse del male, me lo diresti?» Scruta attentamente i miei occhi.

Ingoio a vuoto. Perché qualcuno dovrebbe farmi del male?

Sfilo lentamente la mano dalle sue, lui sembra non notarlo, è troppo concentrato sul mio sguardo. «Te lo direi, qualora accadesse. Tranquillo.»

Quando Ashton se ne va, infilo il pigiama pronta ad andare a letto. Anche se non ho affatto sonno. Il comportamento di Ashton mi è parso così strano, dopo che ha saputo di Jay Hughes si è incupito. Prima che andasse via, gli ho chiesto se fosse sicuro di non conoscere quell'uomo, ma mi ha assicurato di non sapere nulla. Si è scusato se il suo comportamento mi ha fatto dubitare, ma in realtà è solo preoccupato per me, poiché sono nuova in città e devo ancora riprendermi del tutto da quello che ho passato.

Okay, queste ultime parole non le ha dette, ma per il modo in cui mi ha guardata e all'improvviso abbracciata, è come se l'avesse pronunciate.
Gli occhi e i gesti parlano da soli. E Ashton, solamente con gli occhi e le azioni, fa rumore.
Dicono che gli uomini come lui siano bravi a corteggiare. Olivia me lo aveva anche detto: «Ashton, sa bene come conquistare una donna.» Inizialmente mi sembrava una cavolata, non ci ho dato peso, ma adesso inizio a farci caso.
Mi sento presa da lui, il suo modo di fare e di parlare mi cattura.
Anche quando eravamo sul divano, alla fine del film, è calato quell'improvviso silenzio. Tutto taceva eppure era come se io e Ashton stessimo parlando, di quello che sento io, di quello che sente lui.

Quando mi metto a letto, il mio telefono vibra, apro la chat di Messenger, è Jay:

"Buonasera Jasmine, disturbo?"

Trasalisco. Ci metto un po' a rispondere, ma alla fine...

"Buonasera Jay, no, dimmi."

Jay Hughes sta scrivendo...
Così appare nella schermata della chat.

"Sei sempre stata bella."

Il cuore mi balza in gola.
Le sue parole sono un pugno nello stomaco.
Sei sempre stata bella.

Cosa vuol dire?

Per un attimo penso che questa persona mi conosca, altrimenti non avrebbero senso le sue parole.

Esito nel rispondere. Vorrei chiudere la chat, bloccare Jay e mettermi a dormire dimenticando la frase che ho appena letto.

Ma la curiosità e la voglia di sapere è più forte di me.

"Cosa vuoi dire?"

Invio e aspetto.

Jay non scrive per almeno dieci minuti, ma continua a essere online.

Perché non risponde?

Sto per digitare dei punti interrogativi, quando riappaiono i puntini che mi segnalano che l'altra persona sta scrivendo.

Fremo, e non vedo l'ora che Jay prema quel dannato *Invio*.

"Era una domanda, ho dimenticato il punto interrogativo, perdonami :-)"

Aggrotto la fronte.

È una presa in giro?

"Scusa, era un modo per farti un complimento, ma ho fallito miseramente."

Scrive.

Ingoio a vuoto.

Non riesco a credere alle sue parole, ma sono costretta a farlo se voglio capirci qualcosa di più.

"Sì, direi che è un modo strano per fare colpo su una donna, ma grazie lo stesso. :-)"

Per la prima volta faccio anche io uno *smile*.

"Finalmente mi sorridi. Anche se virtualmente… :-)"

Risponde.
Sospiro, ho bisogno dell'acqua. Così mi alzo dal letto e mi dirigo in cucina, portandomi il telefono. Non ho intenzione di abbandonare la chat proprio adesso.

"Cosa stai facendo, Jasmine?"

Leggo il suo messaggio.
Replico:

"Sono in cucina. Tu?"

"Sono a letto. Guardo la TV. Un film: So chi sei."

Deglutisco.
So chi sei.
È il titolo del film, ma perché mi sembra come se lo stesse dicendo a me?

"L'hai mai visto?"

Mi chiede. Ritorno in camera da letto portando con me una bottiglia d'acqua.

"No, dal titolo sembra un thriller."

"In realtà è un film drammatico. Dovresti vederlo."

60

Continuo a pensare alla sua frase iniziale.

"Lo appunto :-)"

Rispondo e visito nuovamente il suo profilo.
Noto che ha aggiunto una foto.
È un primo piano del suo volto, ma è a metà. Ha fotografato una sola parte del suo volto, alle sue spalle Londra.
Fisso i suoi lineamenti, anche se incompleti, non mi ricorda nessuno.

"Hai lavorato oggi?"

Mi domanda.

"Perché me lo chiedi?"

"Sei una serial killer e per questo non lo posso sapere?
:-)"

Ribalta la domanda. La prende con ironia.

"Sì, ho lavorato."

"Giornata faticosa?"

"Tranquilla. Mi piace avere a che fare con i clienti ed essere loro d'aiuto."

"Sì, conosco la sensazione."

Attendo, ma vedo che Jay non aggiunge altro.

Continuo a pensare alle sue prime parole.
Continuo ad avere delle strane sensazioni.
Così decido di fare un passo in avanti.

"Com'è andata la tua giornata?"

Gli chiedo.
Dopo due minuti inizia a digitare.

"Mi fa piacere che tu me lo chieda. È andata bene.
Oggi c'era il sole, e quando c'è sembra tutto più bello."

È lo stesso pensiero che ho avuto questa mattina appena mi sono svegliata.

"Questa mattina ho avuto il tuo stesso pensiero... sai, il
sole."

Attendo.
Mi manda un sorriso.

"Forse abbiamo delle cose in comune. Qual è il tuo
gelato preferito?"

Mi chiede inaspettatamente.

"Zuppa inglese. E il tuo?"

"Non ci posso credere. Vorrei ridere... Zuppa inglese
anche per me ;-)"

Questa volta mi fa un occhiolino.
Stiamo iniziando a instaurare un rapporto?

"Okay... Band preferita?"

Gli domando.

*"Non ho una band preferita, ma amo le canzoni dolci,
a volte quelle malinconiche. Tu?"*

Ingoio a vuoto e resto perplessa. È la stessa risposta che darei io.

"Idem."

Mi manda un altro sorriso.

"Forse abbiamo davvero qualcosa in comune."

Più di qualcosa, direi.
All'improvviso il suono del campanello mi riporta alla realtà.
Guardo l'orologio, è tardi. Chi è a quest'ora?
Per un attimo penso sia Jay, ma non può essere, non sa dove vivo.
«Jasmine, sono io, Ashton», sento gridare da dietro la porta.
Mi rilasso. Prima di aprire mi do una sistemata ai capelli e poi lo accolgo.
«Ehi, ancora sveglio a quest'ora?» gli chiedo.
«Anche tu», sorride e ricambio. È in pigiama, ed è comunque bellissimo. «Ho dimenticato qui il telefono.»
«Oh...», dico stupita. Non l'ho nemmeno notato.
«Davvero? Entra pure.»
«Grazie. Spero di non averti svegliata. Ero incerto se venire o meno, ma domani mattina dovrei ricevere una

chiamata di lavoro molto importante e devo avere il telefono con me.»

«Tranquillo, non ci sono problemi. Ero sveglia», gli sorrido.

«Tutto bene?» mi chiede. Ecco di nuovo l'Ashton protettivo.

«Sì, sì. Stavo guardando alcuni video dal telefono, forse Yole è ancora dentro la mia mente.»

Sorride divertito. «Beh, di' a quella bambina di lasciarti in pace o dovrà vedersela con me», ribatte e mi fa sorridere.

Prende il telefono dal divano e lo riaccompagno alla porta.

«A domani», mi dice.

«Buonanotte», gli sorrido e quando Ashton si avvicina per darmi un bacio sulla fronte, sento la tensione abbandonarmi e il corpo addolcirsi.

«Buonanotte Jasmine.»

Durante la notte mi sento richiamare. Apro gli occhi, accendo la luce del lume e mi guardo attorno.

Resto in silenzio, in attesa di risentire quella voce, ma non accade nulla.

Non riesco a capire se è il mio subconscio o sto sentendo davvero qualcuno che mi chiama.

Prendo il telefono, sono le tre.

Penso di mandare un messaggio ad Ashton, ma non vorrei spaventarlo, a quest'ora starà dormendo.

Ripongo il telefono sul comò. Mi alzo e vado in cucina per bere dell'acqua.

Ripenso alla voce. Non credo di conoscere la persona a cui appartiene.

Non so nemmeno se esiste o se è un vago ricordo, mi piacerebbe tanto capirlo perché non mi fa stare tranquilla

Lascio il bicchiere nel lavello e torno a letto.

Capitolo 7

Il giorno dopo, mentre sono a lavoro, Jay mi scrive nuovamente.
Mi chiede come va la giornata.
Non riesco a dimenticare le sue parole: *Sei sempre stata bella.*

"Sono al lavoro, va tutto bene. Ieri sera mi sono addormentata, mi dispiace."

Invio.
«Signorina, può ricordarmi a che ora è il mio appuntamento?» domanda una signora anziana.
«Certamente», le sorrido e controllo l'agenda dal computer. «Tra meno di mezz'ora», la informo.
Mi ringrazia e si accomoda accanto ad altre due persone.

"Ti ho pensata questa notte. Spero di poter continuare a chiacchierare con te ancora, e ancora..."

Ingoio a vuoto.
Non so cosa dirgli.
Chissà cosa avrà pensato...
Beh, posso chiederglielo.

"A cosa hai pensato?"

"A quello che ci siamo detti e a quanto siamo simili."

Siamo simili solo perché abbiamo delle cose in comune?

"Non credi?"

Aggiunge.

Guardo per un attimo la porta dello studio di Ashton, non so perché ho paura che possa uscire all'improvviso e scoprire di me e Jay.

Non che mi importi di Jay, ma non vorrei che Ashton si facesse un'idea sbagliata di me. Non sono quel tipo di ragazza che chatta e conosce la gente online, o almeno credo... Questa volta però è diverso, voglio solo avere delle risposte ai miei dubbi.

Vorrei togliermi questa sensazione negativa da dosso che non so spiegare.

"Non lo so, non ti conosco."

Invio.

Legge il messaggio, ma non risponde.

Attendo un paio di minuti, ne passano dieci, ma Jay non scrive.

Se l'è presa?

"Tu non sei al lavoro?"

Domando, deviando il discorso su altro.

Mi dice di sì, ma che ha comunque del tempo per me.

Continuo a fissare il messaggio senza digitare. Sta flirtando con me?

67

Si aspetta che anche io faccia un passo verso di lui?

"Ti dà fastidio che ti faccia dei complimenti indiretti?"

Sospiro e non rispondo.

Sono agitata, Jay ha sempre la risposta pronta e riesce in qualche modo a mettermi ogni volta con le spalle al muro.

Il telefono vibra nuovamente:

"Jasmine... Ci sei?"

"Sì, sono qui."

"Vuoi che tolga il disturbo?"

È gentile.

Non sono sicura di volere che questa conversazione termini.

Voglio capire cos'è questa cosa che mi spinge verso quest'uomo.

Voglio scoprire se quello che mi ha detto all'inizio, su come mi ha trovata, è la verità.

Voglio sapere di più.

"No, parla con me."

La sua risposta è immediata. Mi manda un cuoricino e io mi sento sempre più agitata.

Visito nuovamente il suo profilo, guardo le poche foto che lo ritraggono. Sembra un bell'uomo.

Lo immagino dietro la sua scrivania, con una camicia scura e i pantaloni eleganti.

Chissà se ha parlato con qualcuno di me...

Glielo chiedo e dopo cinque minuti mi dice che è molto riservato sulla sua vita privata.

Così, faccio parte della sua vita privata.

"Ci sei?"

Mi chiede.

"Sì, è che mi sembra tutto così strano."

"Ti metto a disagio?"

"No. È solo... strano. Non ho mai chattato finora con un uomo. Almeno, per quello che io ricordi."

"E lo trovi solo strano? :-)"

Mi domanda e rispondo:

"È un modo diverso per conoscersi."

Quindi io e Jay ci stiamo conoscendo?

A quanto pare la mia mente ha risposto prima che io ci pensassi un po' su.

"Bella risposta, Jasmine."

Leggo il messaggio e accenno un sorriso.

"Hai impegni questa sera?"

Mi domanda e il cuore all'improvviso inizia a martellare nel petto.

Cosa gli rispondo? Perché vuole saperlo?

Mi sta invitando a uscire insieme?

Non sono pronta a incontrarlo e non so se mai lo sarò.

Invento una scusa...

"Esco con un'amica."

"La ragazza della foto?"

"Sì."

Vedo che non risponde e chiudo la conversazione, lo sentirò più tardi, magari quando il flusso di gente in studio diminuirà.

Dopo due ore controllo la chat e noto che Jay mi ha scritto che stasera rimarrà a casa a lavorare.

Chiacchieriamo un altro po' e scopro altre cose di lui. Gli piace mangiare e ama le ragazze che hanno appetito, non gli piacciono quelle pelle e ossa, non so per quale motivo gli dico che non sono una di quelle, che ci tengo al mio fisico, ma non potrei mai rinunciare al cibo.

Mi manda una faccina sorridente e mi dice che ho un bel fisico.

A tale commento avvampo. Sembra strano, ma all'improvviso mi fa piacere.

Mi dice che deve andare e che spera di sentirmi più tardi.

Abbozzo un piccolissimo sorriso, mi chiede se il piacere è ricambiato, ma decido di lasciarlo sulle spine rispondendogli: *"A più tardi, Jay."*

Verso sera, la bugia che ho raccontato a Jay si trasforma in verità.

Olivia mi invita a uscire e andiamo a mangiare una pizza in centro.

70

Mi chiede come va con il tizio.

Il tizio sarebbe Jay.

Le racconto quello che ci siamo detti e lei ascolta con attenzione.

«Quindi ti piace?» mi chiede.

«No, nemmeno lo conosco, ma sono curiosa.»

«Quindi lo incontrerai qualora te lo chiedesse?»

«Non saprei.»

Sospira. «Mmmhhh… Mi sembra un tipo gentile e gli piaci.»

«Mi chiedo però come possa piacergli visto che non mi conosce affatto.»

Fa spallucce. «Non ho detto che è innamorato di te, ma che gli piaci.»

«Sei sicura di non conoscerlo?» le chiedo.

«Mai visto. La popolazione londinese è di almeno otto milioni di abitanti, come potrei mai conoscerli tutti?», ribatte ironica.

«Hai ragione», le sorrido. «Cosa ne pensi invece di quello che ha detto?»

«Può essere stato davvero un misero tentativo di rimorchio, oppure…»

«Oppure mi conosce davvero», replico un po' agitata.

«Non ho idea Jasmine. Non so molto della tua vecchia vita né di Jay. Non posso sapere se ti conosce o se ci sta solo provando.»

«Già, e non lo posso sapere nemmeno io.»

«Ma puoi scoprirlo», risponde Olivia.

Trascorriamo il resto della serata a parlare di Jay e poi di Ashton, Olivia addirittura mi invidia, dice che in poco tempo ho in pugno due bei uomini. Mi ha strappato una risata quando l'ha detto, soprattutto perché le sue parole sono state seguite da un broncio.

Ma non è così, non ho in pugno nessuno dei due.

Quando ci salutiamo, lei entra in casa sua e sto per fare lo stesso anche io quando un rumore richiama la mia attenzione, proviene dai cespugli, sembrano dei passi. Mi guardo attorno. È buio, solo alcuni punti sono illuminati dalle luci della strada.

«C'è qualcuno?» chiedo.

I miei occhi si spostano veloci, ma non appare nessuno. Sto per aprire la porta quando una voce alle mie spalle mi fa sussultare, è Ashton.

«Eri tu?», dico con il cuore in gola.

«Dove?»

«Ho sentito dei passi dietro a quei cespugli…», il fiato ancora corto.

Aggrotta la fronte. «No, qualcuno ti seguiva?»

«Non che io sappia.»

Ashton si incammina verso i cespugli, controlla, ma non c'è nessuno.

«Forse l'ho immaginato.»

«Poteva essere un animale», dice.

Sorrido. «Può darsi.»

«Tornavi a casa?» mi chiede.

«Sì, sono uscita con Olivia. Abbiamo mangiato una pizza, tu che ci fai qui?»

«Ho incontrato un amico. Hai passato una bella serata?», aggiunge mentre mi porge il braccio e io mi aggrappo a lui.

«Sì. E tu invece?»

«Ho bevuto una birra con un vecchio collega, ci siamo divertiti», spiega. «Che farai adesso?» mi domanda.

«Credo che farò un bagno rilassante prima di mettermi a letto.»

Sorride. «Ottima idea», gli occhi gli brillano.

«E tu?»

«Glenn Cooper mi aspetta», replica.

Sgrano gli occhi sorpresa. «Ti piace Glenn Cooper?»

«Leggo tutti i suoi libri», specifica.

«Hai letto *Il debito*? È bellissimo.»

Annuisce. «Due volte.» Non sapevo ti piacesse quel genere.»

«Mi piace variare, ma sì», dico e lui sorride.

Restiamo in silenzio per qualche secondo, gli occhi suoi nei miei. Poi il telefono mi vibra, penso a Jay, ma scopro che è un messaggio di Olivia mi dice che è stata molto bene questa sera, che mi vuole bene e mi augura una buonanotte.

«Adesso devo andare», dico ad Ashton.

«Sì, anche io», ribatte. Sto per voltargli le spalle, ma lui mi domanda: «Usciamo una sera di queste?»

«Sì, perché no.»

«Ultimamente mi sembri così sfuggente.»

Sorrido e abbasso un attimo lo sguardo per poi incontrare di nuovo il suo sguardo. «Magari voglio che mi prendi», sussurro mentre mi avvicino per dargli un bacio sulla guancia.

Ma lui si volta e il suo naso sfiora il mio. Il respiro si accorcia, non so se sono pronta a baciarlo.

Mi piace Ashton, ma…

Chino leggermente la testa verso il basso. «Scusa», dico.

«Non ti devi scusare. Lo capisco, se non vuoi», risponde cercando i miei occhi.

«Non è perché non voglio, è solo... presto.»

Sorride. Mi porta una ciocca di capelli dietro all'orecchio. «Allora aspetterò.»

Il mio cuore manca un battito, come fa a essere così dolce?

73

Mi lascia un bacio sulla guancia e lo abbraccio. Inalo il suo profumo, è buonissimo. Il calore del suo corpo si unisce al mio, sprigionando un'emozione che non credevo di poter provare. Mi scosto. «Adesso devo proprio andare», dico, con il cuore in fiamme.

«A domani.»

«A domani», e rientro in casa.

È notte fonda.

«Jasmine!» sento di nuovo la voce.

Mi sveglio di soppiatto, sono sudata e... ho avuto un orgasmo o l'ho sognato? E la voce? Era reale o faceva parte del sogno?

Faccio mente locale.

Il sogno era confuso, non so dove mi trovassi, ma ricordo Jay. Era bellissimo e ci stavamo baciando. Era feroce, ma piacevole. A un tratto è comparso un letto e lui mi ha fatta distendere, per poi insinuarsi in mezzo alle mie gambe, ma quando ha tolto la maglietta il suo volto è cambiato. Non era più Jay, era Ashton. E ho fatto l'amore con lui.

Sento ancora il suo profumo, il suo sudore, i suoi ansimi mischiati ai miei.

È stato bellissimo.

Sento fremere le gambe.

Possono le emozioni di un sogno diventare reali?

Capitolo 8

Il giorno dopo…
13:00 PM.
Sono seduta in un ristorante in attesa che Olivia arrivi.
Ho fame.
Nel frattempo osservo cosa c'è nel menù.
Guardo oltre le finestre e finalmente la vedo arrivare.
Indossa un tubino nero e ha i capelli perfettamente ordinati.
Mi sorride e si accomoda. «Eccomi finalmente. Ho una fame!» esclama. Prende il menù e ci dà un'occhiata. «Hai già deciso cosa ordinare?»
«No, aspettavo te.»
«Ti va una bottiglia di vino, tanto per iniziare?»
Annuisco. «Sì, certo.»
Ordiniamo uno Chardonnay e infine optiamo per una pietanza a base di pesce.
Durante l'attesa mi racconta della sua giornata lavorativa, mentre oggi io ho avuto il giorno libero.
«Tu invece, come stai?» mi chiede.
«Bene.»
Mi guarda intensamente. «Jasmine…»
«Davvero, sto bene.»
«Non sei più paranoica e agitata?» ribatte ironica.
Il cameriere ci porta i nostri ordini. Mi verso un po' di vino e lo sorseggio.

«Oggi in televisione hanno fatto vedere il caso di una ragazza che come me ha perso la memoria dopo un incidente», accenno e Olivia ascolta. «Ha solamente diciassette anni.»

Il volto di Olivia si rattrista. «Non deve essere affatto facile.»

«Non lo è. Si chiama Benny, e per fortuna ha i genitori accanto che l'aiuteranno», dico accennando un sorriso.

Mi rivolge un sorriso triste.

È un suo modo per dirmi *"Mi dispiace e ti sono vicina"*.

«La polizia ti ha mai più contattata dopo l'incidente e le indagini?» mi chiede.

«No, dopo la morte del conducente e la mia diagnosi completa, tutto è stato chiuso. Ed è stato meglio così, ero stanca di essere la ragazza di Lipsia che ha perso la memoria.»

Annuisce. Prende le posate per iniziare a mangiare.

«Beh, cambiamo discorso… Come va con il dottor Stranamore?»

Scoppio a ridere. «Chi scusa?»

«Lo sai a chi mi riferisco.»

Alzo gli occhi al cielo. «Si chiama Ashton, e con lui è tutto nella norma.»

Olivia sbuffa. «È incredibile che non sia successo ancora niente.»

Al pensiero del mancato bacio di ieri sera mi sento avvampare e Olivia lo nota.

«Oppure non mi stai raccontando la verità…» Mi colpisce con un piede.

«Ahia!»

«Dimmi immediatamente cosa non so.»

«Ci siamo quasi baciati.»

Sgrana gli occhi e lascia cadere le posate nel piatto. «Quasi? Oh. Mio. Dio. Jasmine Davies, devi dirmi tutto.»

Faccio spallucce. «Non c'è niente da dire, stavamo parlando e mi sono avvicinata a lui per dargli un bacio sulla guancia, si è voltato, ci stavamo per baciare, ma...»

«Ma?» chiede curiosa.

«Mi sono tirata indietro.»

Per poco la mandibola di Olivia non atterra sul tavolo, e scioccata mi lancia il tovagliolo addosso.

«Ehi!», esclamo.

«Sei impazzita? Sei praticamente l'unica donna al mondo che rifiuterebbe Ashton Sutter.»

«Beh, non mi sentivo pronta.»

Olivia resta sempre più sbigottita. «Non ti sentivi pronta?»

«Smettila di guardarmi così», bevo altro vino. «È difficile da spiegare, ma dopo quello che ho passato non riesco a lasciarmi andare facilmente, e vorrei farlo, vorrei tanto, credimi, ma...»

«Hai un blocco», aggiunge rilassandosi e riprendendo le posate in mano.

Abbasso lo sguardo sul mio piatto. «Non so perché.»

«Forse hai bisogno di tempo, e se non ti sentivi pronta a baciare Ashton...» sospira, «hai fatto bene.»

La guardo perplessa, ma lei riprende a mangiare tranquillamente accennandomi un sorriso.

Ha capito il mio stato d'animo... Vorrei abbracciarla, ma mi limito a sorridere e ringraziarla.

«Mangia, altrimenti si raffredda», aggiunge.

Quando usciamo dal ristorante, facciamo una passeggiata.

«Cosa hai deciso di fare con Jay?» mi chiede.

«Ancora non lo so.»

«Lo incontrerai mai?»

Silenzio.

«Jasmine?»

Sospiro. «Non lo so.»

«Non sei sicura di lui o di te?»

«Non sono sicura di niente. Non so nemmeno se sto facendo la cosa giusta parlando con quest'uomo. Forse sto solo perdendo tempo.»

«Cercare delle risposte alle proprie domande non è mai una perdita di tempo», ribatte lei. «Sa dove vivi?»

«Ancora no.»

«Ancora? Vuol dire che glielo dirai.»

«No... Non lo so.» Scuoto la testa. «Ho delle strane sensazioni quando parlo con lui e voglio capirne il motivo. Inoltre, è di compagnia...»

«Oh santo cielo. Ti piace!»

«No, ho solamente detto che è di compagnia», replico.

«Ma ti piace anche Ashton», aggiunge.

Silenzio.

«Non puoi tenere due piedi in una scarpa.»

Mi scappa una risata incredula. «Non lo sto facendo.»

Poi ripenso al sogno di questa notte. E mi chiedo se non mi sia davvero presa una cotta per entrambi.

È impossibile. O almeno, può succedere con Ashton, ma con Jay no... Non lo conosco affatto.

«Avete già affrontato discorsi intimi?»

Sgrano gli occhi. «Che cosa? Assolutamente no, Olivia.»

«Scusa, era tanto per chiedere.»

«Beh, non farmi questa domanda. Non ho baciato Ashton figuriamoci fare qualcosa con Jay.»

«Hai ragione. Ashton sa di Jay?»

«No.»

«Perché non glielo hai detto?» mi chiede.

«Perché dovrei?»

«Beh, tu e Ashton...»

La interrompo. «Non c'è nessun "*tu e Ashton*". Non è il mio ragazzo, non gli devo alcuna spiegazione, e poi non c'è niente da dire.»

Olivia distoglie gli occhi dai miei. «Giusto.»

Abbasso lo sguardo e sospiro. «Possiamo cambiare argomento? Non ho voglia di discutere per via di Ashton o di Jay.»

Olivia sorride. «Non stiamo discutendo, stavo solo cercando di capire qualcosa in più. Non voglio che ti ritrovi improvvisamente confusa o che non stai bene.»

Mi fermo e la guardo dritta negli occhi. «Non accadrà.»

E senza aggiungere altro, mi abbraccia.

Passiamo dell'altro tempo insieme, fin quando lei deve andare a fare la spesa. Mi chiede se voglio accompagnarla, ma declino l'offerta ringraziandola della bella giornata.

Ho voglia di tornare a casa, rilassarmi e non pensare a nient'altro.

Così prendo un taxi che mi conduce alla mia dimora.

Capitolo 9

È sera tardi.

Mi lavo i denti, pronta per mettermi a letto, guardo fuori dalla finestra e scorgo una sagoma da lontano. Sembra stia osservando nella mia direzione. Lentamente appoggio lo spazzolino sul lavandino, mi volto per guardarmi alle spalle, ma non c'è nessuno.

Sono sola, è ovvio.

Scruto nuovamente fuori dalla finestra e la sagoma è ancora lì, che mi fissa.

Il cuore mi balza in gola, chiudo gli occhi, forse è solo un'illusione ottica. Forse sono solo troppo stanca, o è la mia mente che mi gioca brutti scherzi.

Quando riapro gli occhi, la sagoma non c'è più, ma continuo a non sentirmi al sicuro.

Sobbalzo quando all'improvviso qualcuno suona alla porta.

Sto tremando, mi guardo allo specchio, sono all'improvviso pallida. Poso il dentifricio al suo posto e mi sciacquo la faccia.

Mi avvicino alla porta e sussulto nuovamente quando il tizio dietro di essa bussa. «Jasmine, sono Ashton», mi rilasso nel sentire la sua voce. Sto per aprire, ma esito: *"Era lui la sagoma che mi fissava?"*

«Sei in casa?» domanda. «Ho visto la luce accesa.»

Quella del bagno? Quindi era lui che mi osservava?

Mi faccio coraggio e apro la porta. Ashton è bello come sempre, indossa dei pantaloni verde militare e una maglietta scura... scura come la sagoma. Ma i pantaloni si sarebbero visti, o no?

Sorrido a stento. «Cosa ci fai qui?»

«Sono venuto a portarti questi», mi mostra un piatto pieno di pancake al cioccolato. «Spero ti piacciano, Sydney li ha fatti per me, ma ha un tantino esagerato», sorride divertito.

«Chi è Sydney?»

«Una vecchia amica di mia madre, ogni tanto passa a farmi visita.»

Annuisco e guardo oltre le sue spalle. La strada è deserta.

«Tutto bene?» mi chiede.

«Sì, entra.» Spalanco la porta e lo accolgo in casa. «Puoi appoggiare il piatto in cucina. Grazie del pensiero», dico mentre chiudo, ma non prima di aver dato un'altra sbirciata per strada.

Mi volto e Ashton mi guarda perplesso. «Sei sicura di stare bene?»

«Sì, certo, perché non dovrei?» chiedo ancora agitata al pensiero che qualcuno mi stesse fissando.

Mi accomodo sul divano e Ashton segue i miei movimenti.

Forse pensa che io sia matta. Non avrebbe tutti i torti, in questo momento sembro davvero instabile, me ne rendo conto.

«Se ti dico una cosa prometti di non ridere o di non pensare che io sia pazza?» gli chiedo. Le mani appoggiate sulle gambe, lo sguardo fisso su di lui.

Ashton ha un'espressione preoccupata, sospira. «Puoi dirmi quello che vuoi, Jasmine.»

«Credo che qualcuno mi stesse spiando», dico di getto.

Ashton aggrotta la fronte, distoglie un attimo lo sguardo ed esita nel rispondere. «Quando?»

«Prima.» Mi schiarisco la voce. «Ero in bagno, ho guardato oltre la finestra e ho scorto una sagoma lontana, l'ho vista più di una volta e sembrava mi stesse osservando.»

«Ne sei sicura? A volte...»

«Ne sono sicura», lo interrompo.

Deve aver notato l'agitazione nella mia voce, perché all'improvviso la sua espressione cambia, diventa comprensiva. Mi accarezza i capelli e poi mi prende la mano. «Sono sicuro che non era nessuno Jasmine. Magari era una persona che stava passeggiando e si è fermata, per puro caso.»

Ingoio a vuoto. Non è così, ne sono sicura.

Mi fissa. «Questo è un quartiere tranquillo, non c'è nessuno o niente di pericoloso.»

Lo scruto attentamente. Come fa a esserne così certo? E se fosse lui la sagoma?

«Non lo so...»

Se ci penso bene, ogni volta che è successo qualcosa di strano, Ashton è subito apparso davanti ai miei occhi, come un salvatore... ma se in realtà non fosse l'eroe?

«Vuoi che rimanga con te questa notte?» mi chiede.

«No», dico di getto, ma poi aggiungo con tranquillità: «Non ce n'è bisogno. Grazie», gli sorrido e gli stringo la mano. Non voglio che capisca che in questo momento sto sospettando di lui.

«Non sarebbe un problema, è giusto per assicurarmi che nessuno ti dia fastidio.»

«Posso sempre chiamarti...», dico e resta in silenzio. «Se non è un problema», aggiungo.

«Assolutamente no. Puoi cercarmi quando vuoi. Voglio solo che tu ti senta al sicuro e che stia tranquilla», replica.

Abbozzo un sorriso. Mi chiedo se andrà via subito o si tratterrà ancora un po'. Non posso chiedergli di andarsene altrimenti capirebbe che c'è qualcosa che non va e poi ha portato i pancake...

«Ti posso offrire qualcosa? Stavo per preparare un thè», dico.

«Allora fanne due», piega le labbra all'insù.

Vado in cucina e preparo da bere. Mentre prendo le tazze penso a Jay... oggi non ci siamo sentiti per niente. Chissà che fine ha fatto...

Certe volte mi chiedo se Ashton lo possa conoscere, Jay quel giorno doveva prendere un appuntamento, chissà se è già stato un paziente di Ashton. Ma poi penso all'agenda e il nome di Jay non è mai apparso. Ho controllato l'altro giorno.

Mentre verso il thè nelle tazze guardo di sottecchi Ashton, è seduto sul divano e ha iniziato a fare zapping alla TV. Un viso così gentile, buono e sexy non può essere sospetto. Non può essere lui la sagoma che mi guardava. Oppure sì?

Scuoto la testa e mi sgranchisco il collo. Devo smetterla di essere paranoica, forse era davvero un tizio che passeggiava. Forse.

Rientro in sala e mi accomodo accanto a lui porgendogli la tazza, ringrazia mostrando un bellissimo sorriso. I denti bianchi e perfetti.

Non può essere la sagoma...

Sorseggio e continuo a pensarci su.

«Perché ho la sensazione che tu non stia davvero bene?» mi chiede, mentre mi guarda attentamente.

Abbozzo un sorriso. «A volte mi creo problemi inesistenti, nulla di preoccupante.»

«Stai pensando ancora a quello che ti è successo prima?» mi chiede e rimango in silenzio. «Jasmine, però non ti devi fissare. Non sei sola, ci sono io qui con te. Non potrebbe succederti niente e non ti accadrà niente. Forse sei solo impaurita da questa nuova vita, probabilmente non ci hai fatto ancora l'abitudine.»

Sospiro e guardo il thè. «Già, forse la ragazza dell'incidente non l'ho lasciata a Lipsia come avrei voluto, ma l'ho portata con me.»

O forse c'è davvero qualcuno che mi osserva da lontano.

All'improvviso ripenso ai giorni dopo l'incidente, mi brucia la gola, i miei ricordi... non torneranno più.

La mano di Ashton si appoggia sul mio ginocchio, lo stringe. «Jasmine...»

Ingoio a vuoto. «Sai, dopo l'incidente, durante le visite, il dottore accendeva una lucetta chiedendomi di seguirla con gli occhi e dopo qualche secondo diventava un'azione impossibile perché nella mia mente si materializzava la scena dei fari del camion che mi venivano addosso.»

Sorrido amaramente. «Quello è stato il mio primo ricordo, mentre l'ultimo risale a qualche secondo prima dell'impatto. È incredibile che non abbia memoria di niente che riguardi la mia vita precedente eccetto il momento più brutto.»

Ashton mi scruta. Lo sguardo pieno di compassione, di dolcezza, di amore... No, non può essere lui la sagoma.

Non mi guarderebbe così.

Distolgo gli occhi dai suoi, faccio un respiro profondo e bevo dalla mia tazza.

All'improvviso il mio telefono vibra. Lo prendo da sopra il tavolino e dalla tendina scopro un messaggio di Jay. Mi ha scritto:

"Buonasera Jasmine. Ti pensavo, oggi non ci siamo sentiti per niente."

Lo ha notato anche lui.

Mi pensava.

Gli sono mancata?

Aggrotto la fronte. Perché all'improvviso mi sento più leggera? Speravo che mi scrivesse? Inconsciamente, stavo aspettando un suo messaggio?

«Chi ti scrive?» mi chiede Ashton.

Perché vuole saperlo?

«Ehm... Olivia, non riesce a dormire», mento. Non so perché dico una bugia ad Ashton, ma non me la sento di raccontargli di Jay.

Ashton annuisce e finisce di bere il suo thè.

«Beh, grazie...» Sorride alzandosi in piedi.

«A te per i pancake. Li mangerò domani a colazione», replico.

Sorride nuovamente. «Sei sicura di voler rimanere da sola?»

Annuisco. «Sì. Sono stanca, sono sicura che appena appoggerò la testa sul cuscino mi addormenterò», dico mentre lo accompagno all'uscita.

«Se hai bisogno, lo sai, sono qui accanto.»

Sorrido mentre mi faccio accarezzare la guancia dalla sua mano. È morbida e sa di menta.

«Sei molto premuroso con me...», sussurro.

Ashton rimane in silenzio. I suoi occhi scuri sono fissi nei miei. L'aria diventa tagliente. Inaspettatamente il mio corpo inizia a reclamare, dentro di me scatta un desiderio improvviso.

Non posso desiderare il mio capo. Non posso.

Abbasso la testa e faccio un passo indietro. «Se non riposo, domani non mi sveglierò in tempo per venire al lavoro», affermo e lui sorride, quasi dispiaciuto.

Non lo sto rifiutando, è che... è tutto un casino.

«Buonanotte Jasmine», esce nel vialetto.

Sto per chiudere la porta, ma lo chiamo: «Ashton…»

Si volta. I nostri sguardi si incrociano, ci sorridiamo.

«Buonanotte», dico.

Capitolo 10

04:00 AM.

Guardo il soffitto da forse un'ora.

Non riesco a dormire.

Sento il ticchettio della lancetta dell'orologio. Le luci della città sono accese, le intravedo dalla finestra.

Ripenso ad Ashton, poi a Jay.

Prima di mettermi a letto ho risposto dicendogli che era vero, che non ci eravamo scritti per niente. Gli ho raccontato della mia giornata e gli ho chiesto come fosse andata la sua.

Mi ha detto che ha avuto molto lavoro da fare, ma che avrebbe preferito trascorrere le ore a parlare con me.

Lo conosco appena, ma mi piacciono le attenzioni che mi dimostra.

C'è qualcosa nel suo modo di porsi che mi affascina.

E poi c'è Ashton... bello, premuroso, l'uomo dei sogni. Probabilmente il principe azzurro che sogna ogni bambina, e magari l'ho sognato anche io, anche se non lo ricordo.

Scendo dal letto, mi infilo una giacca ed esco fuori, sedendomi sullo scalino.

Guardo la casa accanto alla mia, l'abitazione di Ashton, le luci sono spente. Starà dormendo.

Sono le quattro del mattino, ovvio che sia così.

L'aria è fresca, ma non fa freddo.

Tra poche ore il sole sorgerà.

Mi guardo attorno, sono l'unica sveglia, l'unica fuori di casa. Adoro questo silenzio.
Ci siamo io e la città che dorme.
Prendo il telefono. C'è un messaggio di Jay.
Quando l'ha mandato? Non me ne sono accorta.
Lo leggo:

"Nottata difficile. Non riesco a dormire."

Sorrido. Siamo in due, Jay.
Mi sorprendo quando leggo che è online.
Gli scrivo:

"Sei ancora sveglio?"

"Anche tu in piedi a quest'ora."

"Indovina? Non riesco a dormire."

Mi manda un emoji sorridente.

"Siamo molto simili. È incredibile."

Sorrido, e prima di rispondere, Jay aggiunge:

"Cosa stai facendo? Sei ancora a letto?"

"No, sto prendendo un po' d'aria. E tu?"

"Sono a letto e penso a te."

Ho una stretta allo stomaco e involontariamente penso a cosa accadrebbe se fossi accanto a lui.
Faremmo sesso?

No. Lo conosco appena.
Ma, davvero, cosa accadrebbe?

"Sono contento di sentirti. Mi rende felice."

Ingoio a vuoto.
Lo rendo felice.

"Smettila :-)"

"Non mi credi? È la verità, te lo giuro."

Sono lusingata. Jay continua a corteggiarmi, anche se non ha mai espresso un chiaro interesse. Mi ha cercata, mi ha fatto dei complimenti, ma non si è mai spinto oltre. Tipo, non mi ha mai chiesto un appuntamento, anche se non so se accetterei.

Sussulto quando sento un rumore provenire da un cespuglio, ma mi rilasso subito appena vedo che è un gatto.

"Tu mi hai pensato?"

Mi chiede, mettendomi spalle al muro.

"Un po'."

Decido di non sbilanciarmi troppo. Ma è vero, l'ho pensato. Mi sono chiesta perché non mi avesse scritto e sono rimasta contenta quando ho ricevuto un suo messaggio.

"Un po' eh... Mi accontento :-)"

Sorrido e vedo che continua ancora a digitare.

"Desidero vederti."

Il cuore mi balza in gola. Eccolo qui, il messaggio che sapevo sarebbe arrivato prima o poi.

E adesso?

Cosa faccio?

Qualcosa dentro di me scatta, non la so descrivere, è una sensazione strana. Una parte di me vorrebbe accettare, dire che desidero vederlo anche io. Scoprire chi è, com'è dal vivo, conoscerlo meglio. Ma l'altra parte non è sicura, quella parte pensa ad Ashton, a me e lui, e a quello che mi fa scaturire quando mi guarda, mi tocca o semplicemente mi sfiora.

Ma la curiosità è forte, affascinante e invitante.

Mi immagino il nostro incontro, lui bellissimo. Ho visto poco di lui nelle foto, ma lo credo elegante e seducente.

Ci accomodiamo, ci prendiamo un caffè, lui che mi riempie di complimenti. Un uomo che non sa chi sono davvero, un uomo che non mi conosce affatto e che mi vede splendida. Un uomo che è un mistero da risolvere.

E dopo il caffè cosa accadrebbe? Dove mi porterebbe?

Scuoto la testa, mentre continuo a fissare il messaggio.

Sto solo fantasticando.

Non ho mai incontrato una persona conosciuta in chat. O almeno è quello che so, non potrò mai avere la certezza che sia davvero così. La situazione mi intriga...

Un altro messaggio...

"Se ti va, possiamo incontrarci. Vorrei vedere i tuoi occhi, ammirarli dal vivo. Vorrei presentarmi e stringerti la mano mentre pronuncio il mio nome e ascolto il tuo,

che suonerebbe sublime e delicato. Vorrei sentire la tua
voce, senza continuare a immaginarmela."

Mi blocco.

Mi desidera davvero. Fortemente.

Questo mi spaventa, ma al contempo mi eccita.

Lo stomaco si attorciglia e sento una scarica di adrenalina attraversarmi la schiena.

Ho voglia anche io di ascoltare la sua voce. Vorrei scoprire com'è...

Mi piacerebbe vedere se i suoi occhi sono davvero verdi come sembrano in quelle poche immagini pubblicate.

Sospiro e gli rispondo.

"Non me l'aspettavo. Da quanto desideri questo?"

Invio.

Per fortuna non può scrutare quello che i miei occhi rispecchierebbero in questo momento: ansia, paura, adrenalina ed eccitazione.

"Da qualche giorno. Non te l'ho mai detto perché mi
sembrava azzardato, e forse troppo presto. Ma oggi mi sei
mancata, non ti ho sentita e ho capito che il desiderio di
vederti è forte e reale. Ho davvero voglia di conoscerti."

Voglio vederti, lo desidero.

Le sue parole rimbombano nella mia testa. Le rileggo altre tre volte per assicurarmi che siano vere.

"Dimmi che lo vuoi anche tu, Jasmine."

Il mio cuore batte all'impazzata.

Devo rispondergli.

Magari, se ci vediamo, non accadrà niente. Potrò risolvere i miei dubbi e scrollarmi di dosso la sensazione che Jay mi conosca già.

Posso anche rinunciare rimanendo in sospeso e chiedermi per il resto della mia vita se magari Jay sia l'amore che ha bussato alla mia porta e che ho perso per timore.

Oppure posso accettare giocandomi tutto.

Rischiare.

Quando ho deciso di cambiare e ripartire da zero ho fatto un salto nel vuoto e vivere quello che la vita mi presenta davanti, senza esitazioni, né timori e voglio continuare a farlo.

Ho deciso.

> *"Piacerebbe anche a me. Quando vuoi che ci vediamo?"*

Invio.

Mi sudano le mani.

Sta scrivendo…

Sono agitata ed elettrizzata.

Alzo gli occhi verso il cielo, i colori iniziano a cambiare, tra poco il sole sorgerà e io dovrò andare al lavoro, incontrare Ashton e trovarmi nuovamente nella confusione che è ormai la mia vita.

Guardo di nuovo lo schermo.

Appuntamento confermato.

Capitolo 11

È mattina.

Sono allo studio e Ashton ha iniziato a visitare i suoi pazienti.

Fortunatamente non c'è molta gente, la stanchezza si sta facendo sentire tutta adesso. Non ho più dormito dopo quello che è successo con Jay.

Lo incontrerò.

Avrò mai incontrato gente conosciuta online?

Un signore lascia lo studio e un altro entra dopo di lui. Ashton mi rivolge un sorriso, che ricambio, mentre sento il corpo andare in fiamme. Perché mi sento in colpa?

Io e Ashton non stiamo insieme, sono libera di uscire con un altro uomo, anche se è un completo sconosciuto.

Ma in fondo, ogni persona che conosciamo ci è ignota.

Devo parlarne con qualcuno. Potrei raccontare di me e Jay a Olivia...

Le scrivo un SMS riassuntivo e invio.

Ma invece di ricevere un messaggio, ricevo una sua chiamata. Guardo la sala, sono rimasti solo due clienti.

Rispondo: «Olivia, sono al lavoro.»

«Lo incontrerai davvero?» chiede sorpresa.

Ci incontreremo. Insomma, non sono l'unica a volerlo conoscere... anzi, l'idea dell'appuntamento è partita da lui.

«Sì.»

«Wow...»

«Ho sbagliato ad accettare?» domando.

«No, se è quello che vuoi. Ma stai attenta, insomma, non lo conosci...»

«Lo so, ma voglio scoprire chi è e capire qualcosa su di lui. Ricordi quando mi ha detto che...»

«Che sei sempre stata bella?» mi interrompe. «Sì, lo ricordo. Proprio per questo, stai attenta.»

Deglutisco.

Devo davvero preoccuparmi?

E se fosse un maniaco sessuale?

Un serial killer?

Un mafioso?

O un mio parente?

Scuoto la testa. Magari non è niente di tutto ciò.

«Potrebbe essere qualcuno a cui interesso davvero...», accenno, poco convincente. «Secondo te è pericoloso?»

«Non ho detto questo.»

«Ma?»

«Ma niente, Jasmine. Voglio solo che tu stia attenta. Ashton lo sa?»

Un tizio tossisce, alzo gli occhi, nessuno mi sta prestando attenzione.

«Perché dovrebbe?»

«Beh... perché è Ashton, e si preoccupa tanto per te», dice improvvisamente con aria sognante.

«È il mio capo, nonché vicino di casa e... amico.»

«Amico?» ribatte divertita. «Solo amico?»

Alzo gli occhi al cielo. «Devo andare adesso.»

«Aspetta... Tu e Jay dove vi incontrerete?»

«Pranzeremo al *Liman*. Ci sei mai stata?» le chiedo.

«Sì, è raffinato. Ti viene a prendere lui?»

«No, prenderò un taxi.»

«E poi?»

«E poi cosa?»

«Cosa accadrà? Dove andrete?» mi domanda.

Sospiro. Tutte queste domande mi stanno agitando. Io e Jay non abbiamo parlato del dopo, pranzeremo, parleremo e poi… poi si vedrà. Magari passeggeremo.

«Non lo so, Olivia. Non siamo arrivati già al *dopo*», replico.

«Vuoi che venga con te?» mi chiede.

«A un appuntamento?» alzo un sopracciglio, sorpresa.

«Non insieme a voi, ovviamente. Mi siederò come se fossi una qualsiasi cliente, pranzerò a un tavolo vicino. Giusto per rassicurarmi che…»

«Olivia», la interrompo. «Starò bene. Staremo in un luogo pubblico, cosa mi potrà mai succedere?»

Sospira ed esita a rispondere.

«Non preoccuparti», aggiungo, con un tono più docile. «Grazie per la tua amicizia. Appena sarò libera ti scriverò, così non dovrai stare in pensiero.»

«Okay.»

«Andrà tutto bene», le dico.

Diamine, sembra che sarà lei ad andare a un appuntamento, quando quella in ansia e che avrebbe bisogno di tranquillità e appoggio sono io.

Non sono per niente abituata a tutte queste attenzioni, almeno che io ricordi.

«Ma starai attenta, vero?»

«Sì, starò attenta.»

«Va bene… Adesso ti lascio, avrai del lavoro da fare, e pure io.»

Sorrido. «Ti voglio bene, Oli.» Mi è venuto fuori dal cuore.

«Ti voglio bene anche io.»

A fine giornata, Ashton si toglie il camice, che lo rende ancora più affascinante, io prendo la giacca e insieme abbandoniamo lo studio.

Domani vedrò Jay.

Mancano poche ore.

Durante il tragitto per tornare a casa, Ashton mi osserva, ma non gli presto molta attenzione, tranne per qualche sorriso scambiato. Sono in ansia e non posso fare a meno di pensare a domani, a cosa indossare, come sarà Jay e cosa proverò quando lo vedrò.

Ripenso anche alle parole di Olivia.

«Qualcosa non va?» mi domanda Ashton.

È incredibile, ha il potere di percepire subito il mio umore.

Mi scruta. Sembra realmente preoccupato. Il senso di colpa mi colpisce forte, eppure non dovrebbe. Mi ripeto che siamo solo amici e che non sono tenuta a dirgli di Jay.

«No, tutto bene. Stavo solo pensando a domani. Pranzerò con Olivia...», mento.

«Domani?» aggrotta la fronte.

«Sì, domani finiamo prima... o sbaglio?» Conosco l'orario a memoria ormai, non mi posso essere sbagliata.

«Oh, sì, giusto», sorride e scuote la mano per aria. «In realtà io rimarrò in studio.»

«Oh... Hai bisogno di me?»

«No, non visiterò, né accoglierò clienti, ma ho del lavoro da terminare», mi spiega.

Annuisco. «Capisco. E non pranzerai?»

«Mi porterò qualcosa da casa, come ho fatto altre volte», sorride e annuisco. «Hai più visto quella persona?» mi domanda inaspettatamente.

«Chi?»

«Avevi detto di aver visto qualcuno che ti spiava...», inizia a dire.

«Oh, sì. La sagoma!» lo interrompo. «No, non ho più visto nulla», rispondo tranquilla.

Sorride. «Mi fa piacere sentirtelo dire. Volevo venire durante la notte per vedere se stessi bene, ma non volevo essere di troppo né disturbarti o svegliarti.»

«Non riuscivi a dormire?»

Scuote la testa. «Pensavo a te.»

Oh.

Ci fermiamo di colpo.

I nostri sguardi sono l'uno nell'altro.

Deglutisco, il cuore palpita forte.

Vorrei dire che anche io l'ho pensato, ma mentirei… perché ho pensato sia a lui che a Jay, soprattutto a Jay.

Domani lo vedrò.

«Così sono stata il motivo della tua insonnia», ribatto ironica, riuscendo a strappargli un sorriso.

«Sì, decisamente», riprende a camminare e io lo seguo.

«Mi dispiace», dico abbozzando un sorriso.

Lui ricambia. «Quando si tratta di te non è mai un problema», replica dolcemente.

E mi sento sempre più in colpa.

Forse ha ragione Olivia: io e Ashton non siamo solo amici.

A chi la voglio dare a bere?

Ci piacciamo, è chiaro.

Capitolo 12

Il giorno dopo sono davanti all'armadio da almeno mezz'ora, tra un po' dovrò andare al lavoro, devo scegliere bene cosa indossare per pranzo. Non ho la minima idea di come sarà vestito Jay, non me lo ha detto e io non gliel'ho chiesto.

Vorrei sentirmi a mio agio, né troppo formale né troppo casual, qualcosa che vada bene in entrambi i casi.

Provo una camicia con un jeans, una gonna nera con una camicetta bianca, ma alla fine scelgo un abito lungo fino al ginocchio, nero a pois bianchi con scollo a V.

Infilo degli stivaletti neri, mi trucco un po', prendo la borsa e la giacca.

Mi guardo per l'ultima volta allo specchio. Mi sistemo i capelli.

Sto bene.

Credo che piacerò a Jay.

Mi osservo attentamente, quasi non mi riconosco...

Mi faccio bella per un tizio conosciuto online. Un tipo di cui so poco.

Mi faccio bella per buttarmi a capofitto in qualcosa di misterioso e ignoto.

Ingoio a vuoto.

Basta rimuginarci sopra, sono pronta.

Manca poco alla fine del lavoro e all'ora di pranzo.

Guardo il telefono, Jay non mi ha scritto.

Da una parte vorrei che annullasse l'appuntamento, in modo da poter rimanere con Ashton, fargli compagnia e dargli una mano qualora ne avesse bisogno.

Dall'altra non vedo l'ora di raggiungere il *Liman*.

Quando Ashton mi ha vista, mi ha fatto i complimenti, sono stata felicissima del modo in cui mi ha studiata. Era affascinato da me, gli brillavano gli occhi e mi ha detto: «Sei bellissima.»

Sono arrossita e l'ho ringraziato.

Poi sono arrivati i clienti e quel filo conduttore che ci stava unendo, si è improvvisamente spezzato. Così mi sono accomodata dietro la mia scrivania e lui è entrato nel suo studio.

Guardo l'orario: 12:08 PM.

Manca poco.

L'appuntamento è alle 13:15 PM davanti al ristorante.

Per fortuna non dista molto da qui, con il taxi ci dovrei mettere meno di venti minuti.

Spero di essere puntuale, non mi piace arrivare in ritardo.

Quando mi alzo per andarmene, saluto Ashton che cordialmente si alza per porgermi un bacio sulla guancia.

«Ti viene a prendere Olivia?» mi domanda.

«No, prenderò un taxi», sorrido.

«Dove andrete a pranzare?»

Non voglio dirgli del *Liman*. «Al *Fishers*», mento.

Annuisce. «Non male.»

«Ci sei stato?»

«Sì, con un collega, mesi fa. Si mangia bene e costa poco», replica.

Gli sorrido. «Adesso devo proprio andare, c'è un taxi che mi aspetta.»

«Ci sentiamo più tardi?»

«Certo.»

Abbandono lo studio e salgo sul taxi. Dico al conducente di portarmi al *Liman* e lui silenziosamente parte.

Guardo il cielo, è una bella giornata.

Prendo il telefono e informo Olivia che sto raggiungendo il ristorante e che tra poco vedrò Jay.

Sono agitata.

Mi sudano le mani e mi mordo le labbra.

Dopo quasi venti minuti, il taxi si ferma proprio davanti al locale. Sbircio dal finestrino, non vedo nessuno che possa lontanamente assomigliare a Jay.

Pago il tassista e scendo dall'auto.

Mi liscio il vestitino e mi porto i capelli dietro le orecchie.

Sospiro e prendo coraggio mentre stringo la borsa a me.

Ci siamo.

Entro nel ristorante e mi guardo attorno. C'è gente, non molta però.

Il posto è modesto, né troppo elegante né troppo informale. È giusto.

Vedo un tizio seduto a un tavolo per due. Non so se sia Jay, anche se ha i suoi stessi capelli.

Gli mando un messaggio, avvisandolo che sono appena entrata nel ristorante.

A un tratto l'uomo prende il telefono, guarda nella mia direzione, sorride e mi saluta con la mano.

È Jay.

Mi avvicino.

I secondi all'improvviso trascorrono lentamente, la voce della gente si allontana, tutto va a rallentatore.

Il mio respiro è veloce e il cuore non smette di martellare. Vorrei tranquillizzarmi, ma sta risultando difficile.

Jay ha una camicia azzurra, non ha la cravatta, e sembra indossare dei pantaloni scuri. Ha i capelli mossi e gli occhi sono verdi, così come apparivano nelle foto. È elegante, ma non troppo.

Mi sento a mio agio, il mio vestito è adatto al posto, alla giornata e a lui.

«Ciao!» esclama, e si alza in piedi porgendomi la mano. «Sei Jasmine, giusto? Io sono Jay.»

Stringo la sua mano. È calda e morbida. Mi ricorda quella di Ashton.

«Jasmine», replico guardando i suoi occhi chiari. E all'improvviso li rivedo... Rivedo i fari del camion che vengono addosso alla mia auto. Rivedo l'incidente.

Strizzo gli occhi e deglutisco.

Ricompare il verde degli occhi di Jay. Non pare si sia accorto di qualcosa. Continua a sorridermi e mi invita a sedere.

Mi scruta attentamente, e mi meraviglia il fatto che non mi senta in imbarazzo. Mi piace il modo in cui mi guarda. Non è come fa Ashton.

Ashton mi osserva con delicatezza, dolcezza... amore?

Jay mi guarda e sembra provare un forte desiderio.

È un bell'uomo. Credo che a Oliva potrebbe piacere.

«Sono contento che sei qui. Avevo molta voglia di incontrarti», dice.

Arrossisco e sorrido. Cosa dovrei rispondergli? Che anche io ero curiosa di scoprire chi fosse o come sarebbe stato incontrarlo?

«Non ho preso niente, volevo decidere insieme», spiega.

«Grazie per avermi aspettata», dico.

Il cameriere si avvicina e ordiniamo da mangiare. Mentre Jay parla, lo guardo di sottecchi, non ha nemmeno un velo di barba, sembra essere molto giovane rispetto all'età descritta su Facebook. Ha un bel taglio d'occhi e anche i lineamenti della bocca non sono affatto male. Ripenso ai giudizi che mi sono fatta su di lui. Non ha l'aria di un serial killer, né tanto meno di una persona che possa fare del male.

Mi guardo attorno, il posto è davvero accogliente. I tavoli sono in legno come le sedie, le pareti bianche con righe azzurre.

«Allora, come stai?» mi chiede.

Sorrido. Sto iniziando a calmarmi.

«Bene, grazie.» Il cameriere torna con una bottiglia di acqua e una di vino.

Jay prende il mio bicchiere e ne versa un po'. Si accorge di non avermi chiesto nulla, e aggiunge: «Perdonami. Bevi?»

Annuisco. «Sì, certo.»

Sorride, per poi versare del vino anche nel suo bicchiere.

Osservo attentamente i suoi lineamenti.

Sei sempre stata bella.

Ricordo ancora le sue parole, ma non ho memoria di lui. Non mi pare di averlo mai incontrato prima.

«Brindiamo a noi», dice alzando il bicchiere verso di me.

Faccio lo stesso.

«A noi», ripeto.

Sorseggiamo e non posso fare a meno di notare che si passa la lingua sulle labbra, assaporando il vino.

«È buono», commento.

Lui sorride e mi osserva attentamente. «Mi rendo conto di non averti detto che sei bellissima.»

«Grazie», rispondo.

Lo scruto.

102

È reale, Jay è proprio qui davanti a me. Ci posso parlare, ascoltare la sua voce calda, vedere i suoi occhi. Fino a poche ore fa ci parlavo dietro uno schermo, adesso è qui con me.

Gli occhi mi ricadono sul suo polso, ha un tatuaggio. La lettera M racchiusa in un cuore.

È fidanzato?

«Che bel tatuaggio», dico.

Lui si guarda il polso, sembra irrigidirsi per un momento, poi torna a sorridermi. «Sì, ha un significato molto importante per me.»

«Una ragazza?»

Ingoia dell'altro vino. «No. Madison, una persona a cui tenevo molto. Era come se facesse parte della famiglia.»

«E cosa è successo?»

Prende fiato. «È morta. Un incidente d'auto.»

«Oh.» È terribile. Ripenso a quello che mi è successo, sarei potuta morire anche io. Osservo i suoi occhi, all'improvviso sono pieni di dolore. Forse era meglio non fare domande.

Inaspettatamente, allungo la mano e sfioro la sua. A un tratto mi sento così vicina a lui, come se capissi il suo dolore.

Lui osserva la mia mano. La stringe, ma non accade nulla. Quell'elettricità che sentivo all'idea di vederlo, adesso è svanita. Eppure è un momento intimo, particolare. Nulla di tutto ciò è insignificante. «So cosa si prova», dico.

Jay mi fissa. È imperscrutabile. «Davvero?» mi chiede, il tono è strano, sembra nervoso, anche se non lo dà a vedere. Allontano la mano dalla sua, lo nota e si rilassa. Mi sorride. «Scusami, è che fa ancora male», aggiunge.

Accenno un sorriso. «Non fa niente.»

«Grazie per la tua comprensione. Credo sia un dolore che rimarrà per sempre dentro di me, una cicatrice che non scomparirà mai», la sua voce è calda e le sue parole sono piene di enfasi. «Ma la vita va avanti, non ci aspetta e non possiamo rimanere indietro.»

I nostri sguardi sono fissi l'uno negli occhi dell'altra. Qualcosa nell'aria è cambiato, tutto è diventato più teso, quasi tagliente. Non mi dà fastidio, anzi, mi fa sentire diversa.

È come se mi stessi imbattendo in qualcuno di misterioso, e la cosa strana è che mi va bene.

Trascorriamo le successive due ore a pranzare e a chiacchierare. Non affrontiamo discorsi importanti, né replichiamo qualcosa riguardo ad alcune frasi dette in chat. Non gli ho detto che la *famosa frase* mi è rimasta nella mente e che ancora ci penso. Non gli ho detto che ho dei piccoli sospetti su di lui, anche se man mano che lo conosco, stanno andando in frantumi.

Una volta finito, paga lui, offrendomi il pranzo. Lascia la mancia ai camerieri, una bella ricompensa.

Usciamo dal locale e adesso mi sento improvvisamente in imbarazzo. Dobbiamo decidere cosa fare.

«Posso farti una domanda?» mi chiede inaspettatamente.

«Certo.»

«Come mai non mi hai mai detto dove abiti?»

«Perché non ne abbiamo mai parlato.»

Annuisce. «Quindi se ti chiedessi di accompagnarti a casa potrei?»

«In modo da scoprire dove abito?», sorrido.

Non voglio che sappia dov'è la mia casa. Non ancora.

Lui annuisce, sembra divertito.

«Magari col tempo te lo dirò», ribatto. «Sei mai stato a Lipsia?» gli chiedo.

«No.»

«Sei sempre stato qui a Londra?»

«Ho viaggiato poco nella mia vita», risponde. «E tu?»

«Anche io. Solo da Lipsia a Londra.»

«Sei di Lipsia?» chiede sorpreso. Annuisco. «Perché non me lo hai mai detto?»

«Sarebbe cambiato qualcosa?»

Sorride. «No, ma mi sarebbe piaciuto saperlo.»

«Adesso lo sai.»

«E… come mai sei venuta a Londra?»

«Volevo dare una svolta alla mia vita.»

«Una svolta eh?» ribatte distogliendo lo sguardo. Di nuovo quel tono strano.

«C'è qualcosa che non va?»

«No, perché?», mi sorride nuovamente.

Faccio spallucce. «Sembri indispettito.»

Ride. «No, per niente. È che anche io volevo voltare pagina, ma non ci sono riuscito.»

«Per via di Madison?»

«Già.»

«Magari un giorno riuscirai a farlo», dico.

«Sei fiduciosa.»

«Spero sempre che la vita possa migliorare», replico.

«E tu hai perso qualcuno di importante per venire qui?»

Me stessa, vorrei dire.

«No, mi ero solo stancata. Non mi piaceva la vita che conducevo.»

«Avevi problemi?»

Annuisco.

«Ma immagino tu non voglia parlarne», aggiunge.

Gli sorrido. «Non adesso. Piuttosto, cambiamo argomento. Lo sai che sei la prima persona che conosco su internet e che poi incontro di persona?»

Credo sia la prima.

Sorride. «Beh, lieto di essere il primo.»

«E tu?»

«Se ho mai conosciuto gente online e poi di persona?» Annuisco. «Una solamente, ma si è rivelata una totale delusione.»

«Oh. Come mai? Non ti piaceva?»

«Era un uomo, in realtà», dice trattenendo un sorriso.

Scoppio a ridere. «Un uomo? Davvero?» Annuisce. «E non te ne eri accorto dalle foto?»

«Aveva delle foto di una donna alta e bionda, abbastanza prosperosa. Fidati, non sembrava per niente un uomo», ride anche lui.

«Oh mio Dio! Ci credo che sei rimasto deluso. Quindi, non era lei o lui in foto.»

Scuote la testa. «Era la cugina, sposata e con figli.»

Rimango a bocca aperta. «Wow! Questo sì che è fuori dal normale. E la cugina lo sapeva?»

Fa spallucce. «Non credo.»

Rido di nuovo.

«Hai una risata sublime», dice per poi fermarsi di colpo.

I suoi occhi immobilizzano i miei. Una scarica di adrenalina mi attraversa, eccola qui, la stessa sensazione che ho provato all'idea di incontrare Jay.

«Come mai hai accettato di vedermi se non lo hai mai fatto prima con nessun altro uomo?» mi chiede.

Non so cosa rispondergli. Sono senza fiato e il suo sguardo mi inchioda.

«Non lo so», mento. In realtà lo so. «Credo che... almeno un po'... tu mi piaccia.»

La sua espressione è imperscrutabile. Continua a tenere gli occhi nei miei, poi lentamente, un sorriso si spalanca sul suo viso. «Anche tu mi piaci.» Mi prende la mano, avverto il calore della sua pelle sulla mia. «Vuoi venire da me?» mi domanda.

«C-Cosa... No. Io...»

«Jasmine...» Mi interrompe. «Non avevi detto che volevi dare una svolta alla tua vita?» mi chiede.

«Sì, ma...»

«Scommetto che in passato non hai mai seguito i tuoi impulsi, i tuoi istinti, immagino che tu non ti sia mai sentita libera.»

«Io... non lo so.»

Mi sento inerme. Come se fossi ipnotizzata dalla sua voce.

Avvicina la bocca al mio orecchio e spontaneamente chiudo gli occhi. «Cosa ti frena? Il fatto che non sia giusto? E chi lo dice Jasmine? È giusto ciò che senti, ciò che vuoi, ciò che il tuo corpo reclama. E in questo momento sento che vuoi volare, vuoi vivere... Allora, lasciati andare.» Quando riapro gli occhi, mi rendo conto che la mano di Jay è sul mio fianco, mi sta stringendo a sé, ho preso la mia decisione, anzi lui ha preso la decisione per entrambi.

Le sue mani sono dappertutto, mi sta baciando, la sua bocca è selvaggia sulla mia, piena di passione, di desiderio. Mi sfila il vestitino e rimango in intimo. La cosa che più mi spaventa è che non sono a disagio, sto sbagliando, lo so, eppure non mi sono mai sentita così viva. È come se stessi trasgredendo qualche regola imposta, e mi piace.

Succede sempre così quando decidi di incontrare qualcuno conosciuto in rete?

Mi spinge sul letto della sua camera, facendomi cadere all'indietro, lui è sopra di me senza pantaloni. Gli sbottono la camicia alla cieca, fortunatamente viene via facilmente.

Anche lui, con un semplice movimento delle dita riesce a sfilarmi il reggiseno e in un attimo la sua bocca è sui miei capezzoli, che subito si inturgidiscono.

Mi torna in mente il sogno fatto, Jay che mi faceva godere... Si sta avverando? Era quello che volevo in realtà?

Non posso più tornare indietro, mi sono buttata nel precipizio quando ho accettato di incontrare Jay e adesso non posso pretendere di risalire, devo continuare a scendere giù e atterrare in modo facile.

Sento la sua erezione crescere e premere in mezzo alle mie gambe.

«Ce l'hai?» chiedo, riferendomi al preservativo.

«Certo tesoro.»

Il bisogno è così impellente che non ci soffermiamo nemmeno sui preliminari. Jay si srotola il profilattico sul suo membro e mi penetra. Getto il capo all'indietro e mi lascio totalmente andare.

Mi sento libera e diversa.

Qualcosa mi dice che Jasmine Davies non avrebbe mai ceduto e per una volta è bello sentirsi un'altra persona. È bello fare una pazzia, qualcosa che non avresti mai fatto.

È bello trasgredire i princìpi.

Mi sento come se per un breve tempo, possa distaccarmi dalla realtà.

Ed è questo che è Jay? Un'utopia?

Un qualcosa che mi porta a vivere una seconda vita?

Siamo sdraiati sul letto, l'uno accanto all'altra.

Entrambi fissiamo il soffitto, stremati dal piacere.

Volto il capo verso di lui e anche Jay fa lo stesso. Ci guardiamo. Vorrei dirgli che è stato bello, appagante, feroce e liberatorio, ma riesco solamente ad abbozzare un sorriso.

Non so nemmeno da quanto non provavo un'emozione così forte. Dopo l'incidente non ho avuto rapporti sessuali perché non mi sentivo pronta e non avevo nessuno che riuscisse a farmi provare ciò che sento in questo momento, o come quando sono con Ashton.

Ecco la differenza: adesso sono un'altra, con Ashton sono Jasmine, ma è diverso.

Ashton ha il potere di farmi sentire tranquilla, come se ogni cosa potesse tornare al suo posto, mi trasmette una sicurezza che non saggiavo da tempo, eppure a volte ho ancora il bisogno di scappare dalla mia vita.

Allunga la mano e mi sfiora la punta del naso con il pollice. «È stato bello. Come ti senti?»

«Bene», replico. Mi piace che si stia preoccupando per me, piuttosto che cacciarmi via dopo aver fatto sesso.

Restiamo in silenzio per un po'. Jay fa molta attenzione al mio corpo, sembra piacergli perché non smette di guardarlo. Osservo il suo: la pancia piatta, un ciuffetto di peli sui pettorali.

«Vuoi rimanere qui?» mi chiede.

«Non posso.»

«Ceniamo insieme e poi ti accompagno?» mi domanda. Così scoprirebbe dove abito, ma che senso ha nasconderlo? Ci sono andata a letto insieme.

È quello che voglio? Voglio rimanere con quest'uomo? Non lo so.

Guardo gli occhi di Jay, un verde bellissimo e mi sento confusa. In poche ore mi ha portata a essere del tutto libera, priva di ogni responsabilità, di ogni problema o restrizione.

Lui dice che è giusto fare ciò che vogliamo.

Ma io sto cercando ancora la mia strada, come posso sapere cosa sia corretto per me?

«C'è qualcosa che ti turba?» mi domanda.

«No, niente.»

Una parte di me vorrebbe raccontargli tutta la verità su Jasmine Davies, che non era mia intenzione andare a letto con lui quando ho accettato di vederlo, che sarebbe stato un pranzo e poi sarei tornata a casa.

Ma...

«Mi piacerebbe rimanere. Ma dovrei andare», dico.

Mi accarezza il viso, passando il pollice sulla mia bocca. «Ne sei sicura?»

Annuisco.

«È quello che vuoi?»

Deglutisco. «Sì, Jay. È quello che voglio. Ho del lavoro da portare a termine.»

Accenna un sorriso incredulo. «Il dottor Sutter ti dà i compiti a casa?» domanda, ma io resto in silenzio continuando a guardarlo. «Va bene. Mi vesto e ti accompagno.»

«Prendo un taxi», dico mentre lo osservo saltare via dal letto.

«Allora ti chiamo un taxi», corregge.

Lo guardo mentre mi rivolge le spalle. Si sta rivestendo e improvvisamente quell'elettricità, quell'adrenalina che ci ha unito fino a pochi minuti prima, è svanita.

Osservo la stanza, è grande, le pareti sono scure, il letto è rotondo e c'è una tela sulla parete di fronte a me.

Not everything

is as it seems

I see you

Niente è come sembra.

Io ti vedo.

Resto paralizzata.

Sussulto quando Jay mi tocca il braccio. Lo guardo, ha un'espressione confusa e perplessa: «Tutto okay?» Deglutisco, lo osservo, poi riguardo le frasi scritte di fronte a me. Annuisco. «Sì.»

«Il taxi sarà disponibile tra tre quarti d'ora. Nel frattempo, resti con me, vero?» sembra quasi un'implorazione.

Ma sono ancora con gli occhi fissi sul quadro. «È inquietante.»

«Cosa?» Si accorge che sto fissando la tela. «Oh, ti riferisci al quadro. Me lo ha regalato un amico.»

«Un amico?» alzo un sopracciglio.

«Sì, per farmi uno scherzo», sorride.

«E tu hai pensato di appenderlo di fronte al tuo letto?»

Fa spallucce. «Mi piace lo stile della scritta. Non è neppure un vero e proprio quadro, quella che vedi dietro al vetro, è una stoffa.»

«Davvero?» continuo a guardare il quadro davanti a me. In effetti è ben diverso dai soliti dipinti. È molto semplice, anche se incisivo.

«Allora, resti ancora un po' con me?», chiede di nuovo.

I miei occhi incontrano i suoi. Mi osserva con dolcezza, per un attimo mi sembra di rivedere Ashton.

Ashton... chissà cosa penserebbe di me in questo momento?

E Olivia? Mi giudicherebbe?

Merda, le avevo promesso che le avrei scritto. Con gli occhi cerco la mia borsa, è a terra, vicino la porta.

Jay aspetta una risposta.

Non sono ancora pronta per tornare alla realtà. Vorrei rimanere un altro po' in questa bolla.

«Va bene, in qualche modo dovrò ammazzare il tempo rimasto», replico ironica, mentre mi infilo l'intimo e raggiungo la mia borsa.

Jay ride. «Così sono diventato il tuo giocattolo?»

Scrivo a Olivia che va tutto bene.

«Solo per questi tre quarti d'ora», rispondo a Jay divertita.

«A chi scrivi?»

«A Olivia.»

«Ha bisogno di sapere che sei ancora viva?» chiede con un'ironia quasi maligna. Lo osservo, ha un mezzo sorriso.

«Voleva sapere come stesse andando l'appuntamento», spiego e rimetto il telefono al suo posto.

«Appuntamento?»

«Non lo è?»

Sorride. «Certo. Mi fa piacere che lo consideri tale.»

Capitolo 13

Quando torno a casa, trovo un foglio di carta piegato infilato sotto la porta.

Lo prendo per leggerlo e noto subito che è anonimo:

Attenta a ciò che desideri.

Ho un flash. A Lipsia avevo trovato un biglietto: *mi hai tolto la vita, io ti tolgo quello che ti resta.*

Così c'era scritto.

Non ricordo bene la calligrafia e quel biglietto non è più con me per poter confrontare la scrittura.

È la stessa persona?

"Attenta a ciò che desideri". È una minaccia?

Mi viene spontaneo guardarmi dietro le spalle e intorno, ma non c'è nessuno.

Penso a Jay. Non può essere stato lui, siamo stati insieme per gran parte del tempo.

Ashton? Non può essere stato lui, non può.

Entro in casa e chiudo la porta alle mie spalle.

Ho il cuore in gola. Questo biglietto è una minaccia? C'è qualcuno che vuole farmi del male o sono solo paranoica?

Ripenso alla sagoma vista fuori dal mio bagno, in mezzo alla strada. Chi è? Può essere chiunque ad avermi lasciato questo foglietto sotto la porta.

O magari sto solo diventando pazza, forse è solo uno scherzo.

Ma chi voglio prendere in giro. Ricevo questo biglietto proprio dopo aver fatto sesso con Jay.

Non è un caso né una coincidenza.

Riguardo il biglietto e decido di chiuderlo nel cassetto del mobile accanto alla TV. Così da non poterlo rivedere e non farlo adocchiare a nessun altro.

Vado in bagno, mi strucco e lego i capelli in una coda di cavallo. Mi viene spontaneo osservare fuori dalla finestra, nello stesso punto in cui era comparsa la sagoma. Non c'è nessuno.

Vado in camera e mi spoglio. Mi guardo allo specchio e ripenso a me, nuda, sotto il corpo di Jay che mi penetra e facciamo sesso.

Mi sento diversa. Sono Jasmine Davies, ma qualcosa è cambiato.

Non sono più la donna che ha perso la memoria.

Ma non sono nemmeno più la donna che ha paura.

Mi sento potente, ho in mano la mia vita, ogni decisione dipende da me.

Sono libera.

Sento il mio telefono squillare. La borsa è sul divano, in salone. Vado a prendere il cellulare, è Olivia, mi fa piacere sentirla, sicuramente vorrà sapere di me e Jay.

«Ciao Olivia!»

«Com'è andata? Lui com'è? È successo qualcosa? Mi sono preoccupata quando ho visto che non mi stavi più scrivendo, stavo per chiamare la polizia, ma poi mi è arrivato il tuo messaggio e mi sono calmata, e...»

«Olivia», la interrompo. «Prendi un bel respiro.»

E lo fa davvero.

«Okay, ci sono, parla.»

«È andato tutto bene.»

115

Dopo un attimo di esitazione, risponde: «Tutto qui?»

Il modo in cui lo dice mi fa sorridere. È delusa, vuole sapere i dettagli, ma non sono sicura di volerle raccontare proprio tutto.

«Vorrei dirti qualcosa di più, ma...»

«Ma?»

«Ho paura di deluderti.»

«Perché mai dovresti?» mi domanda. Rimango in silenzio, in cerca delle parole adatte per dirle che sono andata a letto con Jay. «Un attimo...», aggiunge. Oh merda, lo ha capito? «Hai fatto sesso con lui?»

Come lo ha intuito?

«Cosa?»

«Mi hai sentita bene. Hai fatto sesso con lui?»

Esito.

«Jasmine Davies, rispondi.»

«Sì.»

«Oh mio Dio!» esclama. Non capisco se sia un rimprovero o un'esclamazione perché vuole sapere di più.

«E com'è stato?»

«Trasgressivo.»

Esatto. Credo sia il termine più appropriato.

«E adesso come ti senti?» mi chiede.

«Bene. Sto bene.»

Forse dovrei stare male, vergognarmi di quello che ho fatto. Ma non me ne pento. È stato uno strappo alla regola, un fuori programma e lo rifarei.

«Quando vi rivedete?»

La sua domanda mi scombussola. «Ehm... Non lo so. Non ne abbiamo parlato», dico.

Sono stata una sveltina? Presa e usata per poi essere gettata via?

«Oh. E non ti preoccupa questa cosa?»

116

Ci penso su. In effetti no. «Sembra assurdo, ma sono tranquilla.»

«Beh, se sei contenta così...», sembra quasi un giudizio.

«Ho agito di istinto e non ho pensato alle conseguenze, Oli. E adesso, non mi ci voglio soffermare.»

«Va bene, Jasmine. Ma dimmi una cosa... È stato bravo?»

Rido. «Sì, è stato bravo.»

Parliamo un po' di Jay, per poi cambiare argomento. Mi racconta che oggi al negozio ha incontrato un tipo divertente, l'ha fatta ridere e si sono scambiati i numeri di telefono. Si chiama Brandon. Si era ripromessa che non sarebbe più accaduto, che non avrebbe più fatto affidamento ai clienti conosciuti così per caso, ma ha detto che aveva degli occhi da fare invidia a chiunque e non poteva proprio dirgli di no.

Ci organizziamo per uscire una di queste sere, per stare un po' insieme.

Mi risponde che non vede l'ora.

09.00 PM.

Qualcuno bussa alla porta.

Vado ad aprire ed è Ashton. Non mi aspettavo di rivederlo.

«Oh, ciao!» esclamo.

«Disturbo?» mi chiede.

Indossa dei jeans e una polo. Sta benissimo, le maniche aderiscono perfettamente sui muscoli.

«No, per niente. Stavo per preparare la cena», dico.

«Volevo chiederti se ti andasse di venire a cena a casa mia», mi propone. «Sto arrostendo il pollo, e...»

All'improvviso mi sento in colpa. Ripenso a quello che ho fatto con Jay, a come ci siamo desiderati in quel momento e come tutto all'improvviso è finito.

Un desiderio improvviso, consumato, ma che poi è sparito.

Deve essere questo quello che fa l'adrenalina.

Ma cosa c'entra Jay con Ashton? Niente. Eppure mi sento in colpa, come se avessi tradito la sua fiducia. Sono sicura che Ashton non mi reputa una di quelle donne che fanno sesso con il primo uomo che incontrano.

Ma sono sicura di non esserlo?

In cuor mio sì, anche se oggi ho dimostrato di esserlo...

Ingoio a vuoto, Ashton aspetta una risposta.

Vorrei dirgli che mi dispiace, ma accetto il suo invito senza proferire parola su me e Jay.

Una volta a casa sua, ci accomodiamo in sala da pranzo, Ashton mi serve da bere e il pollo.

«Com'è andato il pranzo?» mi chiede.

Mi irrigidisco e prendo il mio bicchiere per buttare giù un bel sorso di vino. Ho la sensazione che avrò bisogno dell'alcol per affrontare questa serata.

«Bene», gli sorrido.

«Vi siete divertite?»

«Come?»

«Tu e Olivia, vi siete divertite?» mi chiede.

Non sa che ho incontrato Jay.

«Sì, molto», aggiungo. Mi sorride. Un sorriso adorabile. «E a te com'è andata la giornata? Sei uscito tardi dallo studio?»

«È andata bene. Sì, ho lasciato lo studio due ore prima che venissi a bussare alla tua porta.»

«Oh, hai lavorato fino a tardi.»

«A volte succede», replica.

118

Ashton, con questa polo ha proprio l'aria da professionista. È bello. È quel tipo d'uomo che qualsiasi cosa indossi, gli starà sempre bene.

Finita la cena, ci dirigiamo in salone. Ashton accende lo stereo e la musica invade la stanza. Sono in piedi e a un tratto vorrei indossare qualcosa di più elegante per fare colpo su di lui, così com'è successo oggi con Jay. Invece ho solo i jeans e una camicetta nera.

«Sai, oggi stavo pensando a una cosa, da quando sei qui non ti ho mai fatto i complimenti per lo splendido lavoro che fai», inizia a dire.

«Non ce n'è bisogno», dico, infilando le mani nelle tasche posteriori dei jeans.

«No, invece vorrei dirtelo. Ti reputo una persona forte, Jasmine. Sei venuta qui ricominciando da capo, hai affrontato prove dure, situazioni a cui la vita ti ha voluto mettere di fronte e ne sei uscita vincente. Adesso sei qui, in un nuovo stato, parlando una nuova lingua...»

«Conoscevo già l'inglese», aggiungo.

«Ma hai comunque azzerato tutto e sei ripartita. Hai una nuova casa, un lavoro...»

«Solo grazie a te.»

«E io ho pensato che da quando sei qui, non ti ho nemmeno fatto presente tutto ciò. Quando domani tornerai in studio però, troverai qualcosa di diverso», dice.

Aggrotto la fronte. «Hai cambiato la disposizione della stanza?»

Scuote la testa divertito. «Diciamo che la tua scrivania aveva bisogno di un po' di colore.»

«Così mi incuriosisci.»

«Domani vedrai», sorride e si avvicina a me.

Mi sento nervosa. Il cuore batte e Jay è svanito dalla mia mente.

Mi prende la mano, palmo contro palmo, intreccia le dita alle mie. Un calore dolce che mi fa rabbrividire. Sento le farfalle nello stomaco, una sensazione bella. Chissà se l'ho mai provata prima. «Vuoi ballare con me?» mi domanda.

Osservo i suoi occhi. Sono scuri e profondi.

Faccio un passo in avanti, appoggio la testa sul suo petto, mi lascio abbracciare e iniziamo a ondeggiare su una melodia dolce e lenta.

«Come si chiama?» gli chiedo.

«Il brano?» Annuisco. «*Chasing Cars* dei Snow Patrol, è un pezzo suonato solo dal pianoforte.»

«È dolce», dico chiudendo gli occhi.

Ashton appoggia il mento sulla mia testa. «Sì, lo è.» E non so se è una mia impressione, ma sembra stringermi più forte a sé.

Ripenso a quello che è successo oggi pomeriggio e a quello che sta accadendo adesso. Sento il bisogno di raccontare tutto ad Ashton, ma ho paura che rimanga deluso da me.

Mi piace stare con lui, mi sento amata.

Non sono pronta a perderlo per un momento di follia con Jay.

Jay mi ha desiderata.

Ma Ashton… Ashton, non lo so cosa voglia da me, ma sento che ci tiene. So che mi apprezza, mi conosce e mi guarda come nessun altro uomo ha mai fatto finora, almeno che io ricordi. E io non voglio che smetta di guardarmi così.

Vorrei dirgli che ci tengo a lui, che provo qualcosa che non so definire e che vorrei non andasse a scemare. Che mi piace e adoro passare del tempo insieme.

Vorrei dirgli che desidero rimanere tra le sue braccia ancora un po', che questo ballo non finisse mai e che tutto il resto sparisse.

Ma vorrei anche parlargli della mia sensazione di evadere e che oggi pomeriggio l'ho fatto. Sono scappata da Jasmine Davies ed è stato bello, perché mi sono sentita libera da quello che è stata la mia vita da quando mi sono svegliata.

Ma vorrei pure dirgli che quello che è accaduto oggi non cambia quello che sta nascendo tra noi, che non importa quante volte sentirò o vedrò Jay, non importa quante volte vorrò evadere. Ashton mi fa sentire a casa e vorrò sempre tornarci.

Mi piace il fatto di averlo nella mia vita, di tornare a casa e trovare lui, magari sotto la porta, che mi aspetta o che mi viene a prendere per mangiare un delizioso pollo al forno, e poi danzare abbracciati su dolci note, facendomi sentire protetta.

Il brano finisce e il mio telefono inizia a squillare. Emette un solo suono, è un messaggio.

Chissà se è Jay.

«Vuoi andare a controllare?» mi chiede.

«No, voglio continuare a stare così, un altro po'», rispondo mentre sono ancorata a lui.

Nonostante la musica sia finita, io e Ashton continuiamo a ondeggiare.

Capitolo 14

Il giorno dopo ripenso al messaggio ricevuto da Jay.

"*Ti penso, e sono a letto*", così mi ha scritto.

Leggere quelle parole mi ha fatto provare di nuovo quell'eccitazione sentita mentre ero con lui.

A fine serata Ashton mi ha riportata a casa, anche se abitiamo uno di fianco all'altra.

Credevo mi avrebbe baciata, ma non è successo.

E forse è stato meglio così.

Sesso con Jay il pomeriggio e bacio con Ashton la sera? Non sarebbe stata una buona idea.

Non voglio prendere in giro nessuno dei due, tanto meno me stessa.

Inizialmente ho voluto incontrare Jay per togliermi dei dubbi riguardo alla *famosa frase* che mi ha scritto, ma alla fine tutto si è capovolto e i miei dubbi sono andati a farsi benedire.

Ashton è stato davvero dolce, ci siamo abbracciati, scambiati delle coccole e parole dolci, ma non siamo andati oltre.

Io sono entrata in casa e lui è andato via.

Quando arrivo allo studio, il mattino seguente, scopro finalmente cosa ha combinato Ashton.

La mia scrivania è diversa, è nettamente migliore perché c'è un mazzo di fiori dentro un vaso a forma di ampolla.

Mi porto una mano al petto, non credo di aver mai visto dei fiori così belli.

Sono di vario colore, ma quello al centro mi colpisce particolarmente... una rosa rossa. L'unica rosa rossa. È un fiore che ha un valore sentimentale. Ashton sta cercando di dirmi qualcosa?

Lui è già nel suo studio. Busso e mi invita a entrare.

Mi sorride. «Si sono fatti notare, eh?»

«Sono bellissimi», dico con la voce piena di emozione.

«Mi sembravano quelli più giusti per te», aggiunge.

La voce di una donna ci interrompe: «È già aperto?»

Guardo Ashton e lui sorride. «A dopo.»

Mi allontano dalla porta del suo studio e osservo la signora. «Prego, si accomodi in sala d'attesa. Il dottor Sutter la chiamerà tra poco.»

A fine giornata, Ashton si trattiene ancora nel suo studio. Mi dice di andare e che ci saremo visti dopo.

Prendo la mia borsa e abbandono l'ufficio, resto di sasso quando scorgo Jay, dall'altra parte della strada.

Mi saluta.

Mi stava aspettando?

Aggrotto la fronte.

Ho il cuore in gola.

Mi avvicino a lui. «Che ci fai qui?»

«Sono venuto a prenderti.»

«Perché?» gli chiedo.

«Perché mi sembrava una buona idea», ribatte ed esito per un attimo a rispondere. «Che c'è? Il dottor Sutter ti tiene sotto la sua ala e quindi non puoi uscire con un altro uomo?», chiede sarcastico.

«No. Sono solo sorpresa di trovarti qui. Non me l'aspettavo, soprattutto perché non ci sentiamo da ieri sera.»

123

«Beh, spero sia stata una sorpresa gradita.»

«Sì, certo», accenno un sorriso e mi guardo alle spalle. Non voglio che Ashton ci veda. «Facciamo un giro?» Jay guarda la porta dell'ufficio dove lavoro, poi me e infine allarga un braccio invitandomi a superarlo.

Camminiamo e Jay appoggia il braccio attorno alla mia vita, tenendomi stretta a sé.

Chiunque ci veda, penserà che siamo una coppia.

Ma non è così.

Avverto un senso di disagio perché sta marcando il territorio come se fossi una sua proprietà.

Mi scosto dal suo tocco e lui se ne accorge. «C'è qualcosa che non va?» mi domanda.

«No, è solo che tutti ci guardano», dico abbozzando un sorriso e mi porto una ciocca di capelli dietro l'orecchio.

«E allora lasciali guardare», sorride e mi tira di nuovo a sé.

Ingoio a vuoto e Jay mi dà un bacio tra i capelli.

«Allora, com'è andata la giornata?» mi chiede.

«Bene. E la tua?»

«Diciamo bene, anche se un cliente mi ha fatto impazzire.»

«Come mai?»

«Tarda a darmi dei soldi», ribatte guardando un punto fisso di fronte a sé.

Non so esattamente cosa stia osservando, ma il suo sguardo sembra nervoso.

Vorrei liberarmi dalla sua presa, ma non lo faccio.

«Perché quando ieri ti ho detto che ti pensavo mentre ero a letto hai cambiato argomento?» mi prende alla sprovvista.

È vero l'ho fatto. Non so perché, ma quando Ashton mi ha portata a casa, non mi piaceva l'idea di sapere che Jay

124

fosse a letto, a pensare a me e a fare qualcosa... Non che lui l'abbia specificato, ma l'ho immaginato.

«Ti ho raccontato come ho trascorso la serata.»

«Pizza e serie TV», dice.

È quello che gli ho detto. Ho mentito, lo so. Ma voglio tenere Jay e Ashton lontani.

«Potevi scrivermi», aggiunge.

«Beh, quando sono andata via da casa tua non ci siamo detti niente, pensavo che...»

«Non ci saremmo più sentiti o visti?» mi interrompe e io non rispondo. «Non sono quel tipo di uomo.»

Allontana il braccio dalla mia vita. Si è offeso?

«Mi dispiace, non volevo ferirti. Non era mia intenzione», dico.

Lui sorride. «Non lo hai fatto. Insomma, non sei mica l'unica donna sulla faccia della terra.»

Le sue parole mi scuotono. Non mi piace ciò che ha detto, adesso sono io a sentirmi ferita e non perché provi qualcosa per Jay, ma perché nessuna donna vorrebbe sentirsi dire tali parole da un uomo con cui ha fatto sesso. È umiliante.

«Non volevo ferirti», aggiunge.

Resto perplessa, è come se lo avesse fatto apposta.

«Sei venuto a prendermi al lavoro per umiliarmi?» replico, mettendo le braccia conserte. Mi guardo attorno, non ho nessuna voglia di incrociare i suoi occhi.

«No, perdonami...» Si ferma e mi prende per un braccio, facendo sì che i nostri sguardi si incrocino. «Ho avuto una giornataccia e quando succede tendo a prendermela con le persone a cui tengo.»

Resto in silenzio e lo ascolto.

«Ci tengo a te, sono venuto per dirti che vorrei conoscerti meglio, frequentarti di più. Non solo per il sesso.»

Mi ha colta di sorpresa, insomma, non ho mai pensato a cosa sarebbe successo dopo il nostro rapporto sessuale, né cosa avrebbe comportato incontrarlo.

Ma non ho nemmeno considerato il fatto di poterci seriamente frequentare e conoscere.

«Tu vuoi?» mi domanda, quasi insistente.

Non lo so. Penso ad Ashton, a ieri sera, poi a Jay e alla nostra avventura sessuale.

«Allora?»

Devo rispondergli, non posso continuare a esitare. Posso essere sincera e dirgli realmente come mi sento.

«Jay, io non so cosa voglio», confesso e all'improvviso un peso sembra cadere dalle mie spalle. «Mi piaci e ieri mi sono divertita con te.»

«Mi stai scaricando?»

«No. Non potrei, io e te non stiamo insieme», replico, ma la mia risposta sembra non piacergli. Lo noto dall'espressione del suo viso. Così aggiungo: «Vorrei vivermi le cose così come vengono, senza alcun impegno. Ho bisogno di trovare un equilibrio nella mia vita, di capire cosa esattamente voglio e lo voglio fare con calma, prendendomi il tempo che mi serve.»

«Oh. Va bene.»

Sembra calmo e sembra aver accettato la situazione.

«Posso chiederti una cosa?» mi domanda.

Annuisco.

«Lo ami?»

La domanda mi sorprende. Resto sbigottita. «Chi?» Anche se so a chi si riferisce.

«Il dottor Sutter.»

Ingoio a vuoto e sospiro. «È una situazione complicata.»

«Non hai risposto alla mia domanda.»

«Ci tengo a lui.»

126

Annuisce e sembra accontentarsi della mia deviazione.

Non devio perché lo amo o meno, ma perché ancora devo capire cosa mi lega a lui.

«Cos'ha di speciale che io non ho?» chiede.

«Non è una differenza tra voi due.»

«Allora cos'è?»

Faccio spallucce. «È Ashton... è...» Scrollo le spalle, non so come esprimermi. Guardo Jay. «È complicato. Circa un anno fa sono stata vittima di un incidente e da allora non ho mai provato emozioni così forti e non ricordo se nella mia vita passata le avessi mai provate. Dopo l'accaduto mi sono sentita persa e ancora tutt'ora accade, e quando sono con lui è come se trovassi la retta via. Come se riuscisse a mettere tutto al proprio posto.»

Jay rimane in silenzio, poi piega un angolo della bocca all'insù. «Senza accorgertene hai dato una risposta alla mia domanda.»

Riprendiamo a camminare. Tra di noi cala il silenzio e io vorrei tornare a casa.

«Come cambiano le cose in sole ventiquattro ore», commenta.

«Cosa vuoi dire?»

«Ieri eri così vicina a me e oggi ti sento improvvisamente distante. Forse sono stato davvero il tuo giocattolo.»

«Era solo una battuta. Non è stato così. Non considero mai una persona un giocattolo», ribatto.

«Ti sei pentita di aver fatto sesso con me?» I suoi occhi cercano i miei.

Lo guardo. «No, Jay.»

Ripenso a ieri. La sua bocca sulla mia e poi sul mio seno. Il suo sesso dentro di me, i nostri corpi sudati e avvinghiati, entrambi bisognosi.

E poi, i nostri respiri ansimanti, le nostre anime spossate. Le lenzuola attorno a noi, il soffitto, i nostri sguardi, la sua mano che mi accarezza il viso.

La risata di una bambina di fronte a noi mi riporta alla realtà.

«Ho pensato tanto a ieri pomeriggio, in verità non ho mai smesso di pensarci», confessa Jay.

«Anche io ci ho pensato.»

«Ti andrebbe di rifarlo?»

La sua proposta mi spiazza. Mi fermo e punto gli occhi nei suoi. «No.»

«So che lo vuoi», dice. Sembra esserne convinto e riesce a spogliarmi con gli occhi, perché improvvisamente mi sento nuda davanti a lui.

Anche se non è così.

È solo la mia mente, il mio corpo che inizia a reclamare.

Non posso rifarlo.

«Lo vuoi Jasmine», ripete.

Ed è come se avesse il comando sul mio corpo e sulla mia mente.

A scuotermi sono i fari del camion che compaiono di nuovo davanti a me.

Non voglio più ricordarmi dell'incidente. Ho bisogno di evadere, di nuovo.

Ho bisogno, anche solo per un attimo, di non essere Jasmine Davies.

Per un'ora sarò di nuovo libera, non più ossessionata nel trovare la mia strada, non più preoccupata per me, non più condizionata dai miei ricordi ormai svaniti.

Posso fare finta che la mia vita non sia complicata, che non sia successo niente. Posso accantonare il dolore e la sofferenza canalizzando tutto in un unico sentimento: il desiderio.

Capitolo 15

Il tempo sembra volato, sono passati due mesi vissuti in un'altalena di emozioni.

Tra me e Ashton le cose sono cambiate, è sbocciato un sentimento, anche se non ho ancora il coraggio di chiamarlo *amore*.

Una sera, dopo aver cenato a lume di candela, siamo andati al parco, non faceva molto freddo e il cielo era limpido, ci siamo stesi sul prato a guardare le stelle. Ashton mi stava raccontando il significato di alcune costellazioni e io lo ascoltavo incantata. La sua bocca si muoveva perfettamente, i suoi occhi brillavano come le stelle e io non vedevo nient'altro che lui. Era lui la mia stella.

Poi si è voltato, è calato il silenzio. Ricordo ancora la sensazione della sua mano sul mio viso mentre mi accarezzava la guancia. Il cuore mi batteva forte, volevo dirgli quello che provavo, ma non ci sono riuscita. Non perché non ne fossi certa, ma perché nessuna parola poteva descrivere quello che stavo provando.

Ma non abbiamo avuto bisogno di parole perché poco dopo la bocca di Ashton si è appoggiata sulla mia dando vita a un bacio dolce e passionale.

È stato magico. Non volevo finisse mai, desideravo che quel momento durasse in eterno.

È stato l'attimo in cui tutto è cambiato. Tutto è diventato più limpido e significativo.

Sono scappata molte volte da Jasmine Davies, ma da quella sera sono felice di essere lei perché finalmente mi sento serena. Provo una gioia nel cuore mai provata prima di quel momento.

Ashton mi ha aiutata a vedere la vita sotto un altro aspetto e nonostante, a volte, ancora, fatico ad accettarmi... quando c'è lui, ogni problema trova la giusta soluzione.

Io e Ashton non siamo andati ancora oltre, ci stiamo vivendo le cose con calma, dando importanza a ogni singolo gesto e momento.

Sono riuscita a comprarmi una macchina, ho superato anche la paura di rimettermi alla guida. Una 500 nuova, bianca, è piccolina, ma la trovo adatta a me e poi è comoda per i parcheggi.

Mi piace avere una macchina, non sono più legata ai mezzi di trasporto ed è tutto più comodo.

Ovviamente Ashton mi ha aiutata a sceglierla. Io e Olivia siamo arrivate più facilmente al centro commerciale e siamo andate spesso a bere insieme, ho girato parecchio per la città.

Anche la nostra amicizia è cresciuta, è fatta di confidenze, divertimento e coccole. Non abbiamo mai litigato, a parte delle inutili incomprensioni.

Così il nostro rapporto si è evoluto. È passata dall'essere un'estranea che ha bussato alla mia porta per darmi il benvenuto nel quartiere, a una conoscente, a un'amica e adesso è la mia migliore amica.

Io e Jay continuiamo a vederci. Il nostro rapporto è andato avanti, in pratica riassumiamo tutti i nostri problemi e li scarichiamo in un'unica cosa: il sesso. Nulla di impegnativo. Lui è diventato la mia evasione e io la sua.

È un modo per staccarsi dalla realtà.

130

All'inizio ne avevo molto bisogno, ma ora che il mio rapporto con Ashton si sta evolvendo, non sento più la necessità di scappare.

Questo Jay ancora non lo sa.

Ho raccontato tutto ad Ashton di questa situazione, o meglio, non proprio tutto.

Una sera, il mio telefono non smetteva di squillare. Era inevitabile, prima o poi avrei dovuto dirglielo.

Ma non sa che ci faccio sesso.

Gli ho detto che è un amico e che ci vediamo qualche volta, che io piaccio a lui, ma che non ci lega nulla di sentimentale.

Ashton in un primo momento sembrava deluso, ma solo perché non gliel'ho detto prima. Mi ha spiegato che non avevo niente da temere, che sarebbe rimasto comunque al mio fianco e che nulla avrebbe cambiato quello che c'è tra di noi.

Lo so. Ho omesso che facciamo sesso, ma è davvero un dettaglio importante che Ashton deve sapere?

Scendo dall'auto e prendo l'ascensore per salire da Jay.

Ci stiamo vedendo, nuovamente nel suo appartamento.

Appena suono il campanello, Jay mi tira a sé e la sua bocca è subito sulla mia. È a petto nudo e il suo alito sa di whisky.

Ha bevuto.

Ultimamente lo fa, non so perché. Ogni volta che glielo chiedo cambia discorso.

«Calma, leone», gli dico scostandolo.

Lui sorride. «Mi piace quando mi chiami così. Ho avuto una giornata dura, ho bisogno di te.»

«Prima ho bisogno di un bicchierc d'acqua», mi avvio in cucina e lui mi dà una pacca sul sedere.

«Naturale o frizzante?»

«Naturale. La prendo sempre così.»

Lui sorride. Mi fa spesso la stessa domanda. Credo lo faccia apposta.

«A te com'è andata la giornata?» mi chiede.

«Bene.»

«Mmmhhh, quindi non hai bisogno di me per affogare i tuoi dispiaceri, nervosismi e tutto quello che ti scombussola?»

Alzo gli occhi al cielo.

Si riferisce all'incidente.

Sa tutto, gli ho raccontato di quello che mi è successo e ha capito perché quella volta, quella frase, mi ha lasciata perplessa. Si è messo a ridere per l'assurda coincidenza e devo dire che i miei dubbi sono ormai svaniti. Non trovo nulla in Jay che possa ricordarmi qualcosa e lui non ha mai utilizzato termini o avuto modi che abbiano continuato a farmi dubitare.

Devo dire che la situazione si è del tutto stabilizzata.

Ha provato molta pena per me quando ha saputo della ragazza che aveva perso la memoria, non era quello che volevo sentisse nei miei confronti, ma così è stato.

Si è dispiaciuto, ne abbiamo parlato e poi abbiamo fatto sesso.

«In realtà sono qui per dirti una cosa», accenno.

Il suo sguardo si fa serio. «Ti sei stancata di me.»

«No.» Dico di getto. «Jay, sei una persona fantastica, mi diverto con te...»

Sorride. «Sì, ci siamo divertiti molto in questi mesi.»

«Smettila. Sto cercando di parlarti seriamente.»

Alza le mani in segno di scuse.

«Ma non può continuare così. Voglio ritornare alla realtà, adesso so cosa voglio.»

Abbassa per un attimo lo sguardo. Si versa dell'acqua anche per sé e beve. «Quindi, finché ti sono servito era tutto okay, adesso che non ti servo più...»

«Non è così lo sai. Sapevi benissimo che prima o poi questo momento sarebbe arrivato. Ne abbiamo già parlato. Abbiamo messo in chiaro la situazione fin da quando abbiamo deciso cosa fare nel nostro rapporto», dico.

Resta in silenzio, poi replica: «Lo so, è che... non sono pronto a lasciarti andare.»

La sua voce è improvvisamente flebile.

«Non voglio dirti addio oggi, Jasmine. Sii ancora mia, un'altra volta. Ho bisogno di te adesso e poi potremo dirci addio, ma non oggi, non qui, né in camera da letto.»

Esito per un attimo, poi rispondo: «Cosa vuoi fare?»

«Voglio un addio speciale», dice.

Gli sorrido, e acconsento. «Avremo il nostro addio, speciale.»

Si avvicina e mi bacia. «Adesso però, non voglio più pensare, né parlare», la voce è calda. Mi prende e mi trascina in camera, gettandomi sul letto. «Ti desidero. Il mio corpo ti reclama, lo senti?» Prende la mia mano e la porta sulla sua erezione. È pronto per me.

Mi ritrovo nuda, con solo il lenzuolo addosso. Jay è fuori dal letto, anche lui senza indumenti. Sta fumando un sigaro vicino alla finestra. Sta iniziando a fare buio e la luce del sole sta svanendo sul volto di Jay.

Lo osservo mentre guarda fuori. Noto i dettagli del suo corpo. La pelle chiara, la cicatrice che ha sul fianco. Una cicatrice causata da una bruciatura. Così mi ha detto.

Si volta e si accorge che lo sto osservando.

Mi sorride. Spegne il sigaro e mi raggiunge. «Sei sicura di voler terminare la nostra *relazione*?» enfatizza.

«Credo di aver trovato la mia strada, Jay e ho intenzione di seguirla.»

Annuisce in silenzio. Si siede a gambe incrociate. È completamente nudo. «Ashton?» mi chiede.

Lo guardo, incrocio il suo verde, sembra più bello che mai. Resto in silenzio in attesa che aggiunga altro.

«È Ashton la strada giusta?»

«Sì, Jay.»

«Sei felice quando sei con lui?»

«Sì.»

«E con me non lo sei?»

Sospiro. «Sì, Jay, ma...»

«Ma con lui lo sei di più», conclude per me.

Scrollo le spalle, ma non dico nulla. Mi dispiace rompere i rapporti con lui, ma quell'eccitazione che sentivo all'inizio si è attenuata e non sono disposta a perdere Ashton per Jay.

Si avvicina, si distende accanto a me. Entrambi girati sulla schiena fissiamo il soffitto. Jay mi prende la mano.

«Non dimenticherò mai il tempo passato insieme», dice.

«Mi stai dicendo addio?»

«Non ancora. Non oggi, te l'ho detto.»

Accenno un sorriso.

«Avrei voluto incontrarti prima. Prima che venissi a Londra.»

«Non sarei rimasta a Lipsia», dico.

«Magari avresti avuto un motivo in più per farlo. Qualcuno accanto.»

Lo guardo. Incrocio i suoi occhi. «Non so se ho mai avuto qualcuno di importante a Lipsia. I miei genitori sono morti. Dopo l'incidente, non ho incontrato altro che persone che volevano conoscere il fenomeno del momento. Sentivo il bisogno di evadere.»

Silenzio.

«Ti sei mai chiesta se il tizio che è morto avesse una famiglia?» mi chiede.

«No, non mi sono mai informata. Il conducente del camion era ubriaco, così hanno detto.»

«Così lui è morto e tu no.»

Lo guardo attonita. È un'affermazione forte. Jay rimane con lo sguardo, ancora, fisso al soffitto. Cerco i suoi occhi, provando a capire il motivo di tale frase, poi si gira, mi sorride e aggiunge: «Per fortuna.»

Accenno un sorriso tirato. «Non mi va di parlare dell'incidente, sto cercando di dimenticare.»

«Dimenticare. Se solo riuscissero tutti a farlo», replica.

Immagino si riferisca a Madison.

«Anche tu vorresti dimenticare?» gli chiedo.

Stringe la mia mano, quasi a farmi male. «Non sai quanto.» Sfilo la mano dalla sua, lui mi guarda. «Ti ho fatto male?»

«No, è tutto okay.» Mi siedo, improvvisamente sento che l'aria è più tesa.

Guardo le lenzuola blu.

Ed ecco che davanti ai miei occhi appare una nuova immagine.

Sono giorni bui. Tetri.

Mi sento sola e vorrei tornare indietro.

A volte penso che sarebbe stato meglio morire, che avere la vita di adesso. Se si può considerare vita.

Guardo la foto dei miei genitori, so che si chiamano Alma ed Ethan. Sono così belli, sembrano molto innamorati.

Ero una bambina felice. Una vicina mi ha detto che eravamo una bella famiglia.

Qualcuno suona al campanello, apro la porta. Una signora dai capelli ricci ha un cesto tra le mani. Mi sorride, prova pietà per me.

«Ciao Jasmine. Questo è per te», mi porge il cesto pieno di cibo. Il decimo ricevuto in cinque ore. «Noi tutti ti siamo vicini.»

Fingo un sorriso. Sono passati sei mesi dall'incidente.

«Non dovrò fare più la spesa», penso a voce alta, per quanti cesti ho ricevuto in questi giorni.

«Come scusa?»

«Niente. Pensavo ad alta voce.» Sto per chiudere la porta, ma la signora mi blocca.

«Dimmi come ti senti?» mi chiede.

Ecco qui. Un'altra persona che vuole sapere.

«Non deve essere facile affrontare una nuova vita, perché adesso lo è, giusto?» Mi guarda, come se fossi un fenomeno. Il suo telefono squilla, risponde: «No, tesoro. Adesso non posso. Sono a casa di Jasmine Davies. Sì, la ragazza che ha perso la memoria.»

La voce di Jay mi riscuote. «Jasmine, ci sei?»

Lo guardo, ancora attonita. «Sì. Scusa, ero sovrappensiero. Hai detto qualcosa?»

«Ti ho chiesto se hai fame.»

Scuoto la testa. Mi volto e lo guardo. «Parlami di Madison.»

Lo colgo di sorpresa. Esita un attimo, poi prende un respiro e scrolla le spalle. «Era una persona in gamba. Gentile e ironica. Sapeva farsi amare, era l'idolo di suo fratello.»

«Aveva un fratello?» chiedo.

Annuisce. «Ma aveva anche tanti problemi, tra cui l'alcol. Abbiamo provato a mandarla in cura, ma non è servito a nulla. L'alcol era più forte di lei, ha preferito lasciarsi andare e affogare, piuttosto che iniziare a nuotare. Era un mare in tempesta e lui non era forte abbastanza.»

«Lui?» aggrotto la fronte.

Jay mi guarda, perplesso.

«Hai detto lui…»

Il suo sguardo è inespressivo. Poi si rilassa. Sorride.

«Ho sbagliato. Volevo dire lei.»

«Era una persona complicata.»

Annuisce. «Ma era anche speciale.»

«Le volevi bene.»

«Da morire.» Fissa un punto qualsiasi, immagino stia pensando a Madison.

Cala il silenzio. Si sente il rumore del traffico in mezzo alla strada. Le luci della città si accendono. Il cielo è buio. Il sole è ormai tramontato, la luna ha preso il suo posto.

«Ho fame», dice all'improvviso scendendo dal letto e rivestendosi.

Lo osservo e lo stesso faccio anche io. È il momento di andare.

«Sicura di non avere fame?» mi domanda di nuovo. Scuoto la testa. «Dovrai pur mettere qualcosa nello stomaco.» Silenzio. «Insisto, Jasmine.»

Lo guardo. Sospiro. «E va bene.»

Scendiamo giù. Accanto alla palazzina dove abita Jay, c'è un piccolo locale dove poter mangiare. C'è poca gente, così il tempo di attesa è davvero poco.

Prendo un panino con hamburger e lo stesso ordina lui.

«Così va meglio, non credi?» mi chiede.

Alzo gli occhi al cielo e continuo a mangiare.

«È tutto okay? Spero di non averti rovinato la serata per Madison o per quello che ti è successo.»

Gli sorrido. «No, per niente. Parlarne o meno non cambia il corso della mia vita o quello che è accaduto.»

«Certo.»

«Tu mi hai aiutata a non pensarci, sai?» Catturo la sua attenzione. «Ogni volta che facevamo sesso, che ci vedevamo per trasgredire ogni regola possibile, sentivo di potermi distaccare dalla realtà.»

Sorride amaramente. «Eppure adesso ci stai dando un taglio.»

«È arrivato il momento di scendere dalla giostra», ribatto ironica.

«Mmmhhh, così sono una giostra.»

«Sai cosa intendo dire.»

Annuisce. «Con me è tutto più facile. Niente problemi, né rimorsi né impegni. Nulla di serio. Ti capisco. Ho provato lo stesso anche io.»

Continuiamo a mangiare, poi ripenso a tutte le cose che mi sono successe da quando sono a Londra. Mi tornano in mente dei ricordi, delle cose che mi sono accadute e che ho poi dimenticato, o meglio, accantonato.

«Sai che la prima sera che abbiamo fatto sesso, sono tornata a casa e ho trovato un biglietto?» confesso.

«Davvero?» domanda, ma non mi guarda in faccia, continua a mangiare il suo panino. «E cosa diceva?»

«"*Attenta a ciò che desideri*"», recito.

Jay non sembra sorpreso. «Un ammiratore segreto?»

«Non credo che un ammiratore mi scriverebbe una frase del genere. Suona più come una minaccia», rispondo.

Jay ingoia. «Hai avvertito la polizia?»

Scuoto la testa.

«Perché non l'hai fatto se hai pensato fosse una minaccia?»

Faccio spallucce. «Ho infilato il biglietto in un cassetto e ho deciso di non dargli peso. Così come ho deciso di ignorare la sagoma.»

«Sagoma?»

Annuisco. «Una sera ero in bagno, guardando oltre la finestra ho notato un tizio mi stava fissando. O almeno così sembrava.»

«E chi era?»

«Non lo so. Era coperto dall'ombra ed era troppo lontano per comprendere chi fosse.»

«Così l'hai chiamato *la sagoma*», replica ironico.

Annuisco e accenno un mezzo sorriso, anche se non lo trovo divertente.

«E anche in quel caso non hai pensato di chiamare la polizia...»

Scuoto la testa. «No, poi non è successo più nulla. Magari era solo un passante.»

Jay annuisce, ma anche qui non pare sorpreso.

Così mi viene un dubbio: «Sei stato tu?» gli chiedo.

Catturo finalmente la sua totale attenzione. «Che cosa?» ribatte, alzando un sopracciglio, sembra infastidito. «Per quale motivo avrei dovuto?»

Resto in silenzio. Lo guardo. Perché avrebbe dovuto?

Scrollo le spalle e il capo, gli sorrido. «Perdonami, non so quello che dico.»

Capitolo 16

Il mattino seguente...
Mi sveglio. Il mio corpo è illuminato dai raggi del sole, non si vedeva un cielo così pulito da giorni. Sento ancora le ultime parole di Jay nella mia mente: «Ci vediamo presto, per il nostro addio speciale.» Niente sesso. Questo è già stato chiarito. Immagino vorrà portarmi a pranzo o a cena, concludere la nostra relazione così com'è iniziata.

Vado in bagno e mi sciacquo la faccia.

Oggi ho la giornata libera, io e Olivia abbiamo deciso di mangiare fuori e passare del tempo insieme. È da qualche giorno che non la vedo per via del lavoro. Lei rientra sempre tardi ed è stanca. Continua a frequentarsi con il cliente del negozio, Brandon, dice che è divertente e sexy. Non hanno ancora fatto niente, dice che vuole fare le cose con calma. Un po' come stiamo facendo io e Ashton.

Ricevo un messaggio di Olivia, che mi dà appuntamento tra un'ora al *Bishoo*.

Mi spiega che deve parlare con sua cugina che è anche la proprietaria del bar.

Le confermo che va bene, così mi preparo e la raggiungo.

All'ora di pranzo andiamo a mangiare in un ristorante carino ed economico. Olivia mi racconta della serata passata con Brandon e io le spiego le intenzioni che ho con Jay.

«Così vi salutate per sempre», dice.

Annuisco.

«Quando?»

«Domani sera.»

Sorride. «Cenetta romantica.»

«Immagino voglia concludere la nostra *relazione* nello stesso modo in cui è iniziata.»

«E Ashton lo sa?» mi chiede.

«Sì, gli ho detto che Jay mi voleva parlare e che avrei rotto ogni rapporto con lui.»

«Ed è d'accordo?»

«Tu che ne pensi?» ribatto con una vena ironica.

«Sono contenta, Jasmine. Ashton è un brav'uomo e credo sia quello giusto.»

Istintivamente sorrido. «Sì, lo credo anche io.»

«Non so se ti sei mai guardata allo specchio, ma dovresti farlo quando parli di Ashton.»

Rido. «Perché?»

«Ti brillano gli occhi e le guance diventano rosse. Provi qualcosa per lui, lo sai anche tu.»

«Qualcosa ci lega, sì.»

«Si chiama amore. Non ci vuole molto a dirlo.»

Alzo gli occhi al cielo e scuoto la testa. «Mangiamo e basta, okay?»

Nel pomeriggio andiamo a fare shopping. Decido di comprare un completo formale per la cena di domani. Jay vuole che sia speciale e in parte lo voglio anche io.

Così opto per una tuta nera e una pochette brillantinata.

«Come porterai i capelli?» mi domanda Olivia.

«Li lascerò lisci.»

«Sei nervosa?»

«No. Sto bene», dico.

Ed è vero. Sto bene. Mi sento leggera, come se tutto stesse andando nel verso giusto.

Sono sicura della mia scelta. Non mi pento di nulla. Ho vissuto i momenti così come si sono presentati. Ho colto l'attimo. *Carpe Diem.* Sono stata invasa da una forte scarica di adrenalina e di eccitazione nel trasgredire le regole.

È stato bello seguire i miei istinti, sfogare i miei problemi, affrontare le sensazioni e i miei desideri più oscuri, senza qualcuno che mi giudicasse. È stato bello perché adesso sono qui, di nuovo con i piedi per terra, sicura di me e di quello che voglio.

Con Ashton ho trovato la mia strada. Avevo solo bisogno di tempo e di mettere da parte la vecchia Jasmine Davies, così da poter accogliere la mia nuova vita.

«Vi rivedrete?» mi domanda Olivia.

«Come scusa?»

«Tu e Jay.»

Scuoto la testa. «No.»

«Quindi sarà un vero e proprio addio.»

Annuisco con un mezzo sorriso. «Già.»

«Ti fa male questo pensiero?» mi chiede mentre ci avviciniamo alla cassa per pagare.

«No, gli auguro il meglio.»

Capitolo 17

È arrivato il momento.

Questa sera io e Jay ci diremo addio.

Mi guardo allo specchio, alle mie spalle c'è Ashton che mi studia seduto. «Sei incantevole», dice.

Mi volto, mi avvicino a lui e mi insinuo in mezzo alle sue gambe. Appoggia le mani sulle mie cosce, le accarezza.

«Grazie», gli dico con un sorriso.

«Questa tuta ti sta benissimo», aggiunge e noto un pizzico di tristezza sul suo volto.

«Che cosa succede?» gli domando sedendomi su una sua gamba.

«Niente.»

«Ash...»

Sospira. «Non vedo l'ora che chiudi definitivamente con Jay. Lo so che siete solo amici, ma...» Non conclude la frase, mi guarda. I suoi occhi nei miei. «Ti sei fatta bella per lui.»

Accenno un sorriso e gli passo la mano tra i capelli. «Non è così, cerco solo di essere elegante. Non m'interessa farmi bella per lui.»

«Ah no?»

Scuoto la testa e appoggio la fronte contro la sua. «No. M'importa solo di una persona e quella persona ha il nome di Ashton Sutter.»

Sospira. Un respiro disperato, vuole baciarmi, ma non lo fa. Quel bacio porterà a qualcosa di più, lo sento e ne è consapevole anche lui. Vogliamo aspettare. Voglio che sia speciale e per esserlo devo prima chiudere con Jay.

«Mi vieni a prendere quando mi libero?» domando.

«Certo.» Mi accarezza la gamba. «Mi raccomando.»

Gli sorrido e gli lascio un bacio vicino all'angolo della bocca. Il suo sguardo si illumina, mi stringe a sé e il mio corpo va in fiamme.

Non è il momento.

Devo andare.

«Mi dispiace non poterti accompagnare», aggiunge. Il suo respiro mi accarezza il collo.

«Non fa niente.»

Ashton ha del lavoro arretrato al computer e deve portarlo a termine.

Guardo l'orario. Tra cinque minuti il mio taxi arriva.

«Vieni, aspettiamolo insieme», dico. Prendo la mano di Ashton e usciamo fuori.

Arrivo al *Liman* lo stesso posto dove tutto è iniziato.

Sembra passato molto tempo e invece sono trascorsi solo pochi mesi.

«Sei fantastica», dice Jay. Mi attende all'entrata del locale.

«Grazie. Anche tu stai bene», rispondo.

Jay indossa un completo, molto simile a quello della prima volta che ci siamo visti.

«Ti ha portata Ashton?» mi domanda, quasi infastidito.

«No, sono venuta in taxi. Non mi hai vista scendere?»

Sorride. «No, scusami. Stavo leggendo il messaggio di un amico, mi ha chiesto se possiamo vederci, ma gli ho detto che ho un appuntamento molto importante.»

Piego le labbra all'insù. «Entriamo?»

«Oh, siamo in attesa che si liberi un tavolo.» Guardo dalle vetrate del locale. «Ci sono dei tavoli vuoti.»

«Sono prenotati», ribatte Jay facendo spallucce.

«Di solito non mettono un foglio o un avviso per comunicare che sono occupati?»

«Jasmine, ho detto che sono stati prenotati», ribatte serio.

Lo scruto, un attimo attonita dalla sua durezza. «Okay, scusa.»

«Non mi credi?»

«No, no, ti credo, Jay. Era tanto per dire.»

Sorride sardonico. «Se non hai fiducia in me puoi entrare e vedere cosa ti dicono.»

Sembra realmente infastidito.

Perché si arrabbia per così poco?

«Jay, ho capito. Ho detto che ti credo», dico e involontariamente faccio un passo indietro.

«Perché ti allontani?»

Aggrotto la fronte e guardo a terra, i miei piedi. «Non me ne sono accorta.»

«Ti faccio paura?»

«Perché dovresti?» chiedo perplessa.

L'espressione di Jay è indecifrabile. Non capisco i suoi pensieri né cosa voglia fare. Sembra infuriato e al contempo addolorato. Qualcosa lo turba.

Il suo sguardo si sposta, in un punto non preciso. «Che cos'hai lì?»

Mi tocco il volto. «Dove?»

Allunga la mano e la poggia sul collo. «Un succhiotto.»

Sgrano gli occhi. «Che cosa?» Prendo lo specchietto che ho nella borsa. Non ho nessun succhiotto.

Jay ride beffardo. «Hai visto? Non mi credi. Tu non ti fidi di me.»

145

Rimetto lo specchietto a posto. «Non è così, mi sembrava solo strano che…»

«Avessi un succhiotto? E perché Jasmine?» fa un passo avanti. «Fammi indovinare, non sapevi se a fartelo fossi stato io o Ashton.»

Curvo le sopracciglia. «Tra me e Ashton…»

«Lo so, lo so. Non è mai successo niente a parte un bacio, eppure c'è qualcosa che vi lega e immagino sia molto importante per farti allontanare da me.»

Indietreggio. «Jay, che cosa ti succede?»

Ha un tono strano, non ha mai parlato così né si è mai comportato in questo modo.

All'improvviso si rilassa. Mi guarda, sembra spaesato. Si passa una mano sulla fronte, poi tra i capelli. «Scusami, è che…» Sospira. «Ho avuto una giornata pesante e tu questa sera mi stai lasciando, per sempre. E non perché tra di noi vada male, mi lasci per un altro.»

«Jay, sapevi fin dall'inizio che…»

«Diamine, lo so! Forse è stato proprio quello lo sbaglio. Basare il nostro rapporto sul sesso. Come potrebbe esserci dell'altro, giusto?» ribatte e mi guarda come se cercasse una risposta diversa nei miei occhi. Qualcosa che gli dica che è il contrario, ma non la trova e me ne accorgo appena sulle sue labbra appare un sorriso dispiaciuto.

«Jay…»

«Non fa niente», sorride e tira su con il naso, distogliendo lo sguardo. «Non fa niente. Lo sapevo. Senti Jasmine, non stiamo aspettando nessun tavolo e avevi ragione quelli che vedi sono liberi. Semplicemente prima di entrare volevo capire se avessi cambiato idea, ma è chiaro che non è così e non mi va di sedermi, cenare insieme a te e fare finta di niente.»

«Jay…», provo a prendergli la mano, ma lui si allontana bruscamente.

«Non mi toccare.» Mi fissa. Resto in silenzio e ingoio a vuoto. Non so cosa dire. E dal nulla mi supera e si allontana.

«Jay… Jay!» lo chiamo, ma lui non si volta, piuttosto gira l'angolo e mi abbandona davanti al locale.

Sono in macchina con Ashton. Ci fermiamo al *Burger King*.

«Non credevo che i dottori venissero in posti così», dico ironica.

Ride. «Ti stupirò, ma andiamo anche a ballare.»

«Wow», dico divertita.

Arrivano i nostri panini e iniziamo a mangiare.

«Come ti senti? Pensi ancora a Jay?»

Sospiro. «Mi dispiace che se ne sia andato innervosito. Non mi piace il modo in cui ci siamo lasciati.»

«È innamorato di te Jasmine.»

Non me l'ha mai detto, ma credo che Ashton abbia ragione.

«Non si era mai comportato così prima d'ora», replico.

«Ma adesso non ci pensare più, okay? Sono sicuro che quando si calmerà, ti cercherà e riuscirete a parlare e salutarvi come avreste voluto fare questa sera.»

Gli sorrido. «Lo spero.»

Ashton è così comprensivo.

«Grazie per esserci sempre», aggiungo.

Mi sorride, rimane in silenzio. Un silenzio che dice tutto, mi basta guardarlo negli occhi.

«Sei riuscito a portare a termine il lavoro?» gli chiedo.

«Purtroppo no», sospira. «Mi servivano delle carte che avevo lasciato in studio, mi sono recato lì e…»

«E?»

«Era tutto distrutto.»

Spalanco gli occhi. Sussulto. «Che cosa?»

147

«Sì. La porta è stata forzata e buttata giù, i computer rotti, persino la tua scrivania.»

Il cuore mi martella nel petto e sento l'appetito passare improvvisamente.

«La cornice con la nostra foto è stata gettata a terra e calpestata, era come se qualcuno ci avesse messo i piedi sopra. La macchinetta è stata rotta, ma il cibo e le bevande non sono state toccate. Non hanno preso niente.»

«Chi è stato?»

«Non lo so, ma non credo si tratti di un furto, piuttosto penso che qualcuno l'abbia fatto appositamente per farmi del male.»

Ho un terribile presentimento. Mi irrigidisco, penso a Jay.

«Quando è successo? Lo sai?» chiedo.

«Beh, sicuramente in giornata, visto che fino a questa mattina era tutto okay. È incredibile che nessuno si sia accorto di niente.»

Allungo la mano e la appoggio sul suo braccio. Lo accarezzo. «Ash, hai chiamato la polizia?»

«Certo. Ci sono anche delle telecamere in quella strada, credo che controllando i filmati ne ricaveranno qualcosa per capire a che ora sia successo e chi sia stato.»

«E adesso, cosa farai? Il tuo studio, il tuo lavoro...» dico, mi viene da piangere. È colpa mia?

Ashton mi sorride rammaricato. «Tutto si sistemerà, Jasmine. Tranquilla, insieme rimetteremo tutto in ordine.» Mi prende la mano e la stringe dolcemente.

Mi sento crollare. È come se sapessi già chi è stato, anche se non ne ho le prove.

L'atteggiamento di Jay mi fa credere che sia stato lui. Ma come?

Adorano tutti Ashton, l'unico che avrebbe motivo di avercela con lui è Jay.

Non è stato un ladro, non hanno preso niente.

Un gesto fatto appositamente.

Un tornaconto.

«Devo andare in bagno», dico non accorgendomi di sembrare spaventata dalla notizia.

«Tutto bene?» Ashton si alza insieme a me, è preoccupato.

Assumo l'espressione più tranquilla possibile e gli sorrido. «Sto bene, mi scappa la pipì. Deve essere la birra.»

Wow. Dovrebbero darmi un oscar perché Ashton si rilassa e si accomoda. «Ti aspetto», mi dice.

Capitolo 18

Ieri la serata si è conclusa diversamente da come avevo immaginato.

Dopo aver appreso la notizia di quello che è successo allo studio, ho chiesto ad Ashton di riportarmi a casa, avevo bisogno di stare un attimo da sola e in più mi scoppiava la testa.

Preparo il caffè e mi accomodo sul divano. Non ho chiuso occhio, mi sento terribilmente in colpa per quello che è successo ad Ashton nonostante non abbia ancora la totale sicurezza che sia stato Jay a fare ciò. Eppure non riesco a mandare via il groppo in gola che ho da ieri sera.

Prendo il telefono e chiamo Jay. Squilla, ma non risponde.

Il mio cuore palpita forte, ma è solamente l'agitazione.

Non risponde e la chiamata si chiude. Sto per lasciare il telefono quando inizia a squillare, è lui.

«Jay...», rispondo.

«Ero sotto la doccia, sono appena uscito.»

La sua voce mi fa rabbrividire, fino a ieri pomeriggio non era così, ma dopo che mi ha lasciata in quel modo, qualcosa è cambiato.

«Dobbiamo parlare», riesco a dire.

Rimane in silenzio. Sta pensando a cosa dirmi. Lo immagino mentre si passa la mano sulla fronte e si siede, cercando le parole giuste per rispondere.

«So già tutto», inizia a dire.

Lo sa?

«Ieri mi sono fatto prendere la mano, l'idea di non rivederti più...»

Faccio un respiro profondo e lo interrompo: «No, Jay, non è questo di cui voglio parlarti.»

«Ah no?» sembra deluso e infastidito.

«No.»

«E allora perché mi hai chiamato?»

Faccio un respiro profondo. «L'ufficio di Ashton è stato distrutto.»

Una lacrima mi riga il viso, cerco di mantenere la calma, non voglio che Jay senta la mia voce tremare.

«Ma dai, davvero?»

Sta ironizzando? Mi irrita. «Sì Jay, davvero», ribatto ferma.

«Cazzo, mi dispiace. E lui sta bene?»

Sembra sincero, ma non riesco comunque a credergli, c'è qualcosa nel suo tono di voce che mi fa dubitare.

«Sì, per fortuna.»

«Certo.»

Sembra come se gli desse fastidio che Ashton stia bene, pare come se avesse preferito che fosse accaduto qualcosa anche a lui.

Non oso immaginare nulla di simile. Non so come avrei reagito se fosse capitato qualcosa ad Ashton.

«Quindi mi hai chiamato per riferirmi che lo studio del tuo futuro fidanzato è andato in frantumi», aggiunge.

È sarcastico.

Non lo riconosco più, perché si comporta così?

È innamorato di te.

Ricordo le parole di Ashton, crede che Jay provi qualcosa per me e sinceramente inizio a pensarlo anche io visto il suo atteggiamento.

Sembra come se Ashton gli avesse tolto qualcosa di sua proprietà e ora è pronto a distruggere tutto pur di riprendersela.

Deglutisco. «C'entri qualcosa?»

Silenzio. Sento il suo respiro cambiare, diventa irregolare, furioso.

«Incredibile, pensi davvero che possa fare una cosa del genere?» dice, accennando una risata sardonica.

Lo penso? Sì.

«Rispondi alla domanda, Jay.»

«No, Jasmine. Non sono stato io.»

Sospiro. Perché continuo a non credergli?

«Adesso rispondi tu a me», aggiunge. «Perché hai pensato che fossi stato io?»

«Il tuo comportamento, il modo in cui mi hai parlato ieri sera, il tuo modo di fare negli ultimi giorni...»

«Il mio modo di fare?» ripete. «A cosa ti riferisci? A come ho parlato di te e di Ashton? Al fatto che tu abbia scelto lui? Oppure al fatto che adesso non ti servo più e ti disfi di me?»

«Mi riferisco a questo Jay. Perché fai così?»

Resta in silenzio, esita a rispondere. Non so quanti secondi passino, ma sembra un tempo infinito. Poi finalmente risponde: «Devi stare attenta a ciò che desideri, Jasmine.»

All'improvviso, sono senza fiato. Il terrore e la rabbia si fanno spazio.

«Cosa... Cosa dici?» domando, la mia voce inizia a tremare. Vorrei non fosse così. Mi alzo, vado verso il mobile e prendo il biglietto che ho lasciato nel cassetto. «Tu...»

«Hai desiderato due uomini nella tua vita. Me e Ashton, hai scelto lui distruggendomi.»

«Jay...»

152

«Per questo devi stare più attenta alle scelte che fai», il suo tono di voce cambia, si affievolisce. «Potresti fare a pezzi un cuore.»

Scrollo le spalle. Un'altra lacrima mi riga il viso. Mi sta solo mettendo in confusione. Non so più cosa pensare. Chi è Jay? Se davvero mi ama, perché fa così?

«Mi dispiace se ti ho ferito», riesco solo a dire, chiudendo gli occhi.

Lo sento sospirare. «Sono sicuro che troveranno il colpevole», replica.

Quindi non è stato lui.

Sembra sicuro di quello che dice.

«Non ti direi così se fossi stato io, non credi?»

Apro gli occhi. Guardo il biglietto che ho tra le mani, lo stringo, rovinandolo.

«Sì...» Tiro su con il naso. «Sono solo molto confusa e...»

«Mi dispiace per come sia andata ieri sera tra di noi, ero arrabbiato.»

«Mi hai spaventata», confesso.

«Non volevo.»

A un tratto mi immagino Jay che fa a pezzi ogni cosa dello studio di Ashton, la mia scrivania, la nostra foto... tutto.

«Jasmine, ci sei?»

«Sì.»

«Va tutto bene, okay?» mi dice. Vuole rassicurarmi. È calmo. È ritornato il Jay che conosco.

«Mmh, mmh.»

«Senti...» La sua voce sembra afflitta. «Voglio rimediare. Ti va se ci vediamo?»

Il suo invito mi sconvolge. Sono senza parole. Voglio vederlo dopo quello che è successo?

Resto in silenzio. Non sono in grado di rispondere.

153

«Per l'ultima volta», aggiunge.

Sembra speranzoso.

Forse non c'entra davvero niente con quello che è successo ad Ashton. Forse è stata solo una coincidenza che l'incidente sia avvenuto proprio quando tra me e Jay è finita.

«Non credo sia la cosa più giusta da fare», dico.

«Ti prego. Niente cene né pranzi. Voglio solo fare pace con te, voglio salutarti e ringraziarti per i bei momenti passati insieme.»

Esito.

Ho bisogno di andare avanti, di tranquillità, di continuare la mia vita con un po' di stabilità.

Ripenso ad Ashton, a quello che ha fatto per me fin da quando ho messo piede a Londra, ripenso alle volte in cui stiamo insieme, alle emozioni che mi provoca.

Ricordo di aver iniziato a frequentare Jay solo per scoprire se c'entrasse qualcosa con me, ma non ho trovato niente. Nessun indizio, nessun dettaglio. Nulla che potesse ricondurlo alla mia vita passata.

E infine, sono caduta in un vortice di sesso che mi ha aiutata a distaccarmi dalla realtà quando ne avevo bisogno. Forse è vero, ho usato Jay, ma lo abbiamo fatto a vicenda. Ci siamo sfruttati quando ne avevamo bisogno.

Non so se la vecchia Jasmine avesse fatto ciò, ma il senso di perdizione mi ha aiutata a trovare la strada giusta.

Lo so, è un ragionamento contorto, ma è così.

A volte bisogna perdersi del tutto per ritrovare se stessi. E io ho dovuto farlo.

«Mi dispiace Jay», dico.

«Jasmine, ti prego!» mi implora. «Sono stato un cretino. Non devi aver paura di me.»

«Devo andare avanti.»

«E lo farai, ti chiedo solo un'ultima possibilità.»

Esito.

«Jasmine!»

«Adesso devo andare», e riattacco.

Capitolo 19

Questa sera io e Ashton andiamo alla presentazione di un libro scritto da un suo amico. È un vero e proprio appuntamento, non che gli altri non lo siano stati, ma questa sera conoscerò i suoi amici e sono agitata. La maggior parte è tutta gente già con una famiglia e probabilmente sarò l'unica ancora così giovane e che non ha messo al mondo un figlio.

Spero di non sentirmi un pesce fuor d'acqua.

Prima di uscire siamo passati dall'ufficio, volevo vedere lo stato in cui era ridotto. Fortunatamente non è disastrato come avevo immaginato, ma ci sono dei danni e la polizia sta indagando sul probabile sospetto. Stanno controllando i video delle telecamere e Ashton è molto fiducioso sul lavoro che faranno.

Prima di uscire di casa ho avuto di nuovo la strana sensazione che ci fosse qualcuno nascosto, che mi spiasse da dietro un cespuglio. Mentre chiudevo la porta ho sentito un rumore, mi sono voltata, ma non c'era nessuno. Ashton era già in auto, era al telefono con un suo amico dottore che si trova a Cambridge.

Mi sono fatta coraggio, mi sono guardata attorno, non c'era nessuno. Mi sono convinta che forse sono solo io. Si dice che quando non si è tranquilli, la mente e qualsiasi altra parte del corpo giochi brutti scherzi.

Può essere che senta suoni che in realtà non ci sono? O che scambi rumori per altri?

Eppure sembra tutto reale.

Olivia mi augura una buona serata via SMS. Lei è con Brandon e stanno andando a mangiare sushi. È felice, e io lo sono per lei. Brandon le fa bene.

Arriviamo alla libreria dove si tiene la presentazione. C'è anche un angolo bar per chi voglia bere qualcosa.

L'evento è già iniziato, siamo in ritardo di dieci minuti, purtroppo siamo rimasti bloccati nel traffico.

L'amico ci nota e ci fa un sorriso mentre parla con la stampa.

«Prendi qualcosa?» mi domanda Ashton.

«Un cappuccino», dico.

Ci avviciniamo al bar e ordiniamo, Ashton prende lo stesso.

Dopodiché ci accomodiamo e ascoltiamo le parole dell'amico: J. Stanley, è il suo pseudonimo da scrittore, il suo vero nome è Eddie Lamb.

Io e Ashton siamo seduti vicini, la sua mano è sul mio ginocchio mentre sorseggia dalla tazza e guarda con ammirazione il suo amico.

Osservo Ashton e mi rendo conto di essere davvero fortunata ad averlo con me, sto bene. Mi sento serena e felice.

Appoggio la testa sulla sua spalla, un gesto che mi viene spontaneo fare da un po'. È come se cercassi protezione e conforto, e le trovassi solo in Ashton.

Mi lascia un bacio tra i capelli. «Tutto bene?» sussurra.

Sorrido perché dovrei essere io a fargli questa domanda dopo tutto quello che è successo.

«Sì», alzo lo sguardo per incrociare il suo. Gli sorrido dolcemente. «Non potrei stare meglio.»

Ed è la verità.

Non potrei desiderare un altro posto se non quello dove si trova Ashton.

Non potrei desiderare altro uomo accanto a me.

Non potrei desiderare nient'altro se non questo: noi, insieme.

«Sono così fiero di lui. Lo sai che il suo sogno è sempre stato quello di pubblicare un libro?» mi parla.

«E ci è riuscito.»

Sorride. «Già. Ho un amico che oltre a essere un grande medico, è pure uno scrittore. Wow.»

Mi rincuora la gioia con cui ne parla. «È un tipo in gamba.»

«Decisamente. Dopo te lo presento.»

«Non vedo l'ora di conoscerlo.»

Eddie parla del suo libro, un viaggio dentro se stessi. Parla di amore, di coscienza e di libertà. Tre parole chiave che mi hanno accompagnata fino a oggi.

Forse dovrei leggere il suo libro. Sembra rispecchiare le mie scelte e il percorso fatto da quando sono a Londra.

Mi guardo attorno, la libreria è pienissima e vedo una donna all'angolo che ha un fazzoletto tra le mani. È commossa.

Ashton si accorge che la sto guardando. «È sua moglie, o meglio, futura.»

«Si sposano?»

Annuisce. «Glielo ha chiesto tre giorni fa. Le ha fatto una sorpresa, era il suo compleanno e mentre lei scartava il regalo che Eddie le aveva fatto, ha trovato una scatola, è scoppiata a piangere, aveva già capito tutto. Eddie si è inginocchiato invitandola ad aprire la scatola, poi ha preso l'anello, glielo ha infilato al dito e le ha chiesto di diventare sua moglie», mi racconta dolcemente, con una voce calda.

Incrocio i suoi occhi, sono lucidi e mi guardano.

Sorrido, emozionata. «Deve essere stato meraviglioso.»

«Hanno pianto tutti, quindi credo di sì», ribatte ironico e rido.

Il mio telefono squilla, inserisco subito la vibrazione per non creare disturbo. C'è un messaggio, è di Jay.

"Come siete carini insieme."

Aggrotto la fronte. Mi guardo attorno, ma non lo vedo. Ci sta osservando o ci ha visti mentre venivamo qui?

"Dove sei?"

Digito e invio.

Attendo la risposta, ma non arriva, così rimetto il telefono in borsa e mi guardo nuovamente intorno. Non c'è traccia di Jay.

Sospiro. L'agitazione sale e una morsa mi attanaglia lo stomaco.

Ripenso che voleva incontrarmi, a tutto quello che è successo tra di noi e a come ci siamo lasciati. Penso all'ufficio di Ashton e al fatto che lui stia qui con me, e a quanto stiamo bene insieme. Penso a Eddie, non voglio che Jay appaia e rovini l'evento, non voglio che faccia del male ad Ashton qualora ne fosse davvero capace.

Continuo a guardare tra la gente. Sono preoccupata.

All'improvviso sento qualcuno alle mie spalle schiarirsi la voce. Lo fa per ben due volte, come se volesse catturare l'attenzione, mi volto lentamente e il cuore mi balza in gola. Il respiro si blocca quando incontro gli occhi di Jay. È seduto proprio dietro di me e mi sta sorridendo in modo sardonico. Poi sposta lo sguardo su Ashton e alza le sopracciglia. Non ho la minima idea di cosa stia pensando, ma non mi piace come lo guarda, né il ghigno che si è aperto sul suo viso.

Non posso credere che sia qui. Ci ha seguiti?
Accavalla la gamba, appoggia le mani sul ginocchio e guarda Eddie. Mi ignora, fingendo interesse per le parole dello scrittore.

Mi volto e riporto l'attenzione a Eddie. Vorrei rilassarmi e godermi l'evento, ma non ci riesco con Jay dietro di me. Sento i suoi occhi addosso, avidi di desiderio.

L'occhio mi cade verso la borsa, il mio telefono sta lampeggiando. Lo prendo e leggo il messaggio che mi è appena arrivato. È di nuovo Jay:

"Non avere paura. Adesso ci sono anche io."

Sospiro, mi assicuro che Ashton non si sia accorto di niente e per fortuna è attento alle parole del suo amico. Non voglio preoccuparlo.

Rispondo a Jay:

"Vattene."

Invio.
La sua è risposta è immediata:

"Perché dovrei? Voglio godermi lo spettacolo."

Immagino che si riferisca a me e Ashton.
Cosa vuole fare? Rovinarci la serata? Farci litigare?
Cosa ha in mente?
Decido di non dargli più corda, così rimetto il telefono al suo posto e cerco di rilassarmi.

Ashton mi guarda e mi sorride. Ricambio, cercando di mascherare l'agitazione.

Se chiudo gli occhi riesco a sentire il cuore che batte all'impazzata. La voce di Eddie svanisce, la gente scompare, rimaniamo solamente io, Ashton e Jay.

Mi giro lentamente, ma lui non è più seduto dietro di me. Mi si mozza il fiato.

Non c'è, eppure continuo a sentire il suo sguardo addosso.

Mi guardo attorno, non lo trovo. Poi lo vedo, in un angolo della sala. Mi sta fissando, è serio. Nessun sorriso. Nessuna emozione.

La sua espressione mi fa paura, quando ha quella maschera imperscrutabile.

Torno a guardare Eddie.

«Manca poco alla fine», mi informa Ashton.

Ah sì?

Come fa a saperlo?

«Di solito quando finiscono le domande, l'evento giunge al suo termine», risponde inconsciamente alla mia domanda.

Gli sorrido e annuisco.

Mi volto nuovamente, Jay non c'è. Guardo tra la gente, ma questa volta non lo intravedo più.

È sparito, come se non fosse mai stato qui.

È venuto, mi ha spaventata e se ne è andato.

Era questo il suo scopo?

«Tutto bene?» mi chiede Ashton, scrutandomi. Sembra preoccupato. «Non è la prima volta che ti guardi attorno.» Merda. L'ha notato. «C'è qualcosa che ti turba?»

«No», mento sorridendogli. «Ho solo sete.»

«Vado a prenderti dell'acqua?»

Scuoto la testa e mi alzo. Sento le gambe molli, potrei crollare da un momento all'altro. «No, tranquillo. Vado io. Vuoi qualcosa?» Cerco di sembrare il più rilassata possibile.

Ashton aggrotta la fronte, mi osserva, esita a rispondere. Continuo a sorridergli nascondendo il casino che ho dentro. «No, sto bene così», dice.

Sto per voltarmi quando Ashton mi afferra la mano. Lo guardo.

«Sei sicura di stare bene?» mi chiede.

Mi rilasso, devo farlo. Mi chino e gli do un bacio sulla guancia. «Ho solo sete, davvero.»

Accenna un sorriso, sembra credermi. Mi lascia andare e io mi dirigo al bancone per bere. Ho la gola secca. Continuo a guardarmi attorno, ma di Jay non c'è traccia.

La signora dietro al tavolo mi serve e la ringrazio. Butto giù un bel sorso d'acqua e sospiro, chiudendo gli occhi. Mi devo calmare. Lui non è più qui.

Controllo il telefono, ma non c'è alcun messaggio.

Guardo la sedia dov'era seduto e poi l'angolo della stanza dove l'ho visto poco fa.

Ripenso alla sua espressione, non lo riconosco più. Non è questo il Jay con cui sono andata a letto, non è la persona che ho conosciuto.

Non so chi sia quest'uomo.

Capitolo 20

Dopo l'evento, io e Ashton andiamo a mangiare insieme a Eddie e la sua futura moglie: Natalie.

Sono due persone eccezionali, avrei voluto godermi di più la serata, ma l'agitazione che mi ha trasmesso Jay mi ha accompagnata per il resto delle ore e ancora adesso è dentro di me che mi sta divorando.

Ashton mi accompagna alla porta di casa.

«Sei strana», mi dice.

«Come scusa?»

«Dall'evento», aggiunge. «Sembri preoccupata. C'è qualcosa che non va?» mi chiede.

Per un attimo penso di potergli raccontare quello che ha fatto Jay, ma non ci riesco. Non voglio allarmarlo, non dopo quello che è successo al suo studio. Non voglio dargli altre preoccupazioni.

«Sto bene, davvero», rispondo e gli sorrido.

Appoggio le braccia sulle sue spalle e con la mano gli accarezzo la nuca. Lo fisso negli occhi. È bellissimo.

«Perché non riesco a crederti?» chiede.

Mi dispiace vederlo così, mi fa male, vorrei non mentirgli. Non lo faccio per me, lo faccio per lui.

Non voglio che le mie scelte possano pesare sulla sua vita.

Faccio spallucce. «Forse dovresti essere meno paranoico», ribatto ironica.

Continuo a pensare a Jay e a questa sera. Come ha fatto a sapere che io e Ashton eravamo all'evento. Perché è venuto? Cosa vuole da noi? Da me o da Ashton?

«Sei qui, ma è come se non ci fossi», aggiunge visibilmente preoccupato. Osservo i suoi occhi, l'espressione sul suo viso... è turbato.

Ingoio a vuoto e sospiro. «Sono solo preoccupata, con tutto quello che è successo in questi giorni... Jay, il tuo ufficio...»

Ashton prende un profondo respiro e mi porta i capelli dietro le orecchie. «Voglio che stai serena, Jasmine. Quello che è successo a lavoro si risolverà.»

«Lo so, ma per un attimo ho pensato che Jay ne fosse responsabile e mi sono sentita in colpa», confesso.

«Perché pensi sia stato lui?»

Scrollo le spalle. «Non lo so. Forse perché mi hai detto che mi ama e può essere così, sono stata una stupida a non accorgermene. Poi perché la sua reazione non è stata delle migliori l'altra sera. Tante piccole cose che mi fanno pensare. Magari se non fosse stato per me, il tuo ufficio oggi sarebbe integro e invece...», la voce mi viene a mancare.

Ashton mi scruta. Non capisco la sua emozione. È confuso? Preoccupato? Arrabbiato?

Mi rilasso quando sulla sua bocca spunta un dolce sorriso. Mi accarezza la guancia e io mi lascio andare sulla sua mano, chiudo per un attimo gli occhi mentre sento il calore del suo palmo sul mio viso. Li riapro, incontro i suoi. Scuri e pieni di amore.

«Ssshhh... Non è colpa tua, Jasmine. La polizia scoprirà chi è stato, lo sapremo e si prenderanno i giusti provvedimenti. E non pensare mai più una cosa del genere. Sono contento di averti nella mia vita, non vorrei mai il contrario. Speravo, un giorno, in una novità. Un qualcosa che mi scombussolasse, che mi facesse provare una sensazione talmente forte da non sapere come definirla. Non sei tu il problema, non lo sei mai stata.» La sua voce è calda e confortevole.

Appoggia la fronte contro la mia, chiude gli occhi e anche io faccio lo stesso. Il suo respiro mi accarezza, mi piace.

Il cuore batte forte e in questo momento vorrei solo che mi baciasse.

E all'improvviso il mio desiderio si avvera. La sua bocca si appoggia sulla mia, dolcemente si schiude dando spazio a un bacio pieno di sentimento e passione. Ashton mi stringe a sé e io mi sento finalmente tranquilla, al sicuro e a casa.

Rientro in casa.

Ho pensato di invitare Ashton a entrare, ma non l'ho fatto.

Ho bisogno di togliermi tutti i dubbi e capire cosa sta succedendo. Non posso mettere a rischio la nostra relazione.

Controllo il telefono, ma Jay non si è fatto sentire. Nessun messaggio né una chiamata.

Controllo se è online su Facebook, ma non è così.

Sembra sparito del tutto.

Così decido di scrivergli un messaggio:

"Che intenzioni hai?"

Invio.

Fisso lo schermo in attesa che mi risponda. Ho la gola secca, ho bisogno di acqua. Ne verso un po' nel bicchiere e mi siedo sul divano, con il telefono tra le mani.

"Era una sorpresa."

Risponde.

Una sorpresa? Sta scherzando spero. Da quando in qua le sorprese sono così? Non ha la minima idea di come mi senta. Mi ha spaventata. E ha davvero il coraggio di parlare di sorprese?

Gli chiedo ciò che mi sono posta fin da quando l'ho visto all'evento:

"Come mi hai trovata? Ci hai seguiti?"

La sua risposta è immediata. Tremo mentre leggo il messaggio:

"Sono dove sei tu. Semplice."

Ripenso alla sagoma vista fuori dalla finestra del bagno. Deglutisco. Spontaneamente mi guardo dietro le spalle, come se potesse vedermi o sfiorarmi.

Lui non è qui.

"Così sono queste le tue intenzioni? Ovunque andrò tu mi seguirai? Mi hai spaventata questa sera, vuoi ancora farlo?"

Mi manda uno smile. Lo immagino mentre digita il messaggio con un sorriso sardonico.

"Rilassati Jasmine. L'evento di J. Stanley era sulle varie locandine della città, non ci crederai, ma il suo libro ha suscitato il mio interesse."

166

Rileggo più volte le sue parole, ma stento a credergli.
È possibile che ci trovassimo nello stesso posto allo stesso momento solo perché Jay era interessato al libro di Eddie?

"Allora perché hai voluto spaventarmi?"

Invio.

"Non era mia intenzione. Volevo solo divertirmi e guardare te e il tuo capo insieme."

Immagino l'enfasi utilizzata nella parola *capo*. Mi si torce lo stomaco e mi sento male, come se dovessi vomitare.

"Pensi mai a me quando sei con lui?"

Mi chiede.
Vorrei spegnere il telefono e dimenticarmi di Jay per sempre, ma qualora lo facessi, lui potrebbe presentarsi a casa mia e averlo qui è l'ultima cosa che voglio.

Al momento Jay è vulnerabile e non c'è cosa peggiore di una persona così. Ci si può aspettare di tutto, anche la cosa più imprevedibile.

"Ne abbiamo già parlato, Jay."

Mi lascio andare sul divano. Fisso il telefono. Ho il cuore a mille. Jay deve smetterla, abbiamo chiuso, deve accettarlo.

C'è davvero un confine sottile tra l'essere dispiaciuto, ferito e cercare di conquistare una donna, allo stalking.

"Pensi mai alle mie mani sul tuo corpo? Quando lo guardi, vedi i miei occhi nei suoi? E quando ti bacia è come quando lo facevo io? Ricordi la mia bocca sul tuo sesso, gli ansimi mentre ti leccavo..."

Una lacrima mi riga il viso. Mi si mozza il fiato. Basta.

"Smettila Jay!"

"Perché?"

Mi asciugo la guancia, sto per digitare, ma ricevo un altro messaggio di Jay.

"Ho bisogno di vederti."

Deglutisco. Dopo quello che ha fatto vuole incontrarmi?

"Abbiamo già chiuso, Jay. Basta, lasciami in pace."

"È quello che vuoi?"

"Sì, è quello che voglio."

Silenzio. Passano dei secondi, sembrano infiniti. Poi risponde:

"Vediamoci e ti lascerò in pace."

Mi sta ricattando!

"No, non ho voglia di vederti. Lasciami stare, Jay!"

168

"Non ho chiesto se hai voglia di vedermi. Ti sto invitando ad accettare la mia richiesta: dopo che ci saremo visti, ti lascerò in pace, Jasmine. Se non accetterai, considerami sempre la tua ombra, ovunque andrai io ci sarò."

Ingoio a vuoto. Non ho altra scelta.

Sono al parco. L'aria è fredda. È notte fonda.

Jay voleva incontrarmi subito e non ho avuto molta scelta nell'accettare o meno il suo invito.

Lo vedo arrivare, indossa una felpa nera e un jeans scuro. Un berretto in testa. Uno stile sportivo, non l'ho mai visto vestito così.

Mi invita ad accomodarmi su una panchina.

Sono impaurita, mentre si siede accanto a me. Non c'è nessuno in giro, se avessi bisogno di aiuto, non ci sarà nessuno pronto a soccorrermi.

I suoi occhi chiari mi fissano, prima mi piacevano, adesso per niente.

Prima esprimevano desiderio, adesso mi trasmettono terrore.

«Sei qui», parla.

«Sono qui. Cosa vuoi?»

«Ashton lo sa che sei qui con me?»

Distolgo lo sguardo. La quiete intorno a noi. Le luci della città accese, qualche macchina in lontananza. Desidero che il conducente mi veda e capisca del pericolo che sto correndo, ma non accade.

«No, non lo sa.»

«Mi ha fatto male vederti con lui, così come il fatto che tu non mi abbia dato una seconda possibilità per chiarire.»

«È questo il problema? Mi hai voluta spaventare perché non ti volevo vedere?» chiedo, ma lui resta in silenzio. «Ashton non c'entra niente in questa storia, non voglio che ti avvicini a lui.»

«Oh, in realtà c'entra più di quanto non sembri.»

«Scusa?»

«Se non ci fosse, chissà se ti saresti allontanata da me», mi accarezza una ciocca di capelli.

«Non sarebbe cambiato niente», ribatto allontanandomi dalla sua mano. «Voglio che mi lasci in pace, Jay.»

Resta in silenzio. Mi guarda e io sono terrorizzata dalla persona che ho di fronte a me.

«Quindi dovrei cancellare il tuo numero, non scriverti né nominarti. Dirti addio e alzarmi da questa panchina per lasciarti andare per sempre.»

Il tono che usa è inquietante. Vuole farmi del male?

Per un attimo penso alla possibilità di un rapimento o di peggio... Potrebbe farlo? Ne sarebbe capace?

Ingoio a vuoto e vorrei tanto tornare a casa senza avere la paura di Jay.

Vorrei addirittura tornare indietro e non aver mai accettato il suo invito a conoscerlo. Ricordo ancora quel pranzo, l'inizio di tutto ciò.

«Ascolta», dice e mi prende la mano. Vorrei ritrarla, ma non ci riesco. Ho paura della sua reazione. «Non volevo spaventarti, okay? Forse avrò sbagliato a scriverti quei messaggi, ma tu non mi hai lasciato molta scelta. Volevo solo vederti e tu invece...», le parole svaniscono dando spazio a un sorriso maligno. Scuote la testa. Cosa vuole fare?

Provo a ritrarre la mano, ma lui la stringe. Ho un sussulto.

«Te ne vuoi andare, vero?»

«Jay, ti prego...», mi mordo il labbro. «Ho accettato il tuo invito, ci possiamo dire addio, adesso lasciami andare.»

«Hai ancora paura di me. Lo leggo nei tuoi occhi.» Sento il cuore a mille, rimbomba come un tamburo. È forte e vorrei gridare.

Si avvicina, la bocca è davanti al mio orecchio. Il suo respiro mi accarezza la pelle, è intimidatorio. Chiudo gli occhi, vorrei piangere, ma non posso farmi indebolire così.

«Mi manchi tanto, Jasmine. Lo sai?» la sua mano si appoggia sulla mia gamba, sale su, lentamente.

Mi scappa un secondo sussulto.

Dentro di me appare l'immagine di lui che mi violenta. Non voglio che accada.

«Ti prego...», sussurro.

«Oh sì, mi ricordo anche questo. Nella mia mente ho memoria di quando mi supplicavi di scoparti sempre più forte», ringhia e la sua mano è quasi arrivata al bottone dei pantaloni.

«Sei convinto di quello che vuoi fare?» riesco a dire, catturando la sua attenzione. Apro gli occhi e affronto i suoi. «Vuoi farmi del male? Stai immaginando il tuo sesso dentro di me? Vuoi scoparmi contro la mia volontà?»

Aggrotta la fronte. Esita e all'improvviso scoppia a ridere, allontanandosi da me.

Riprendo a respirare, anche se ho ancora paura di Jay.

Devo essere cauta, non posso ancora alzarmi e andarmene.

«Oh Jasmine, Jasmine... Hai fatto sesso con me e ancora non hai capito come sono?»

«Credevo di conoscerti, ma probabilmente mi sbagliavo», replico. La voce che trema. Lo guardo con

171

rabbia e disgusto. Non posso credere di aver fatto sesso con quest'uomo.

Rimane in silenzio. A un tratto la sua espressione cambia. Sembra deluso, triste.

«Tutto quello che hai visto di me è vero. Quello che ho provato insieme a te, è reale. Ma tu... tu...», si passa la mano tra i capelli. «Tu sei quella che mi ha rovinato la vita.»

Aggrotto la fronte, perplessa. «Jay...»

«No!» Scatta in piedi, è di nuovo violento. «Tu mi hai distrutto, sei la causa di tutti i miei problemi. Ti amo e ti odio, è possibile questo?»

Sono nuovamente spaventata.

Jay mi ama... e mi odia.

Quindi è capace di farmi del male. L'odio è un sentimento incontrollabile, ti divora e Jay sta lentamente cambiando nei miei confronti.

«Tu non mi ami», dice. Come se facesse fatica ad accettarlo.

«Mi dispiace», riesco a dire. Una lacrima mi riga il viso. Ecco. Non volevo accadesse, ma Jay sta vedendo la mia debolezza. Sono nuda, può ferirmi adesso.

«Perché mi hai usato?» inizia a balbettare.

È chiaramente instabile.

«Non ti ho mai usato, Jay.»

«Invece sì. Sono stato un mezzo per arrivare dove volevi: Ashton.»

«No. Non sei stato un mezzo Jay, sai anche tu com'era il nostro rapporto. Tu lo sai...», gli parlo con la calma, sperando che si tranquillizzi. «Sono sempre stata sincera con te. Ti ho confessato i miei sentimenti verso Ashton, sapevi benissimo che c'era un'altra persona. Ti ho detto cosa sentivo quando ero con te, ti ho detto cosa volevo. Non ti ho mai illuso e tu hai accettato tutto questo. Sei

172

stato tu ad approvare e a impostare il rapporto. Volevi una persona che ti aiutasse a distrarti e io volevo sentirmi leggera, volevo allontanarmi da Jasmine Davies, volevo per un momento sentirmi diversa.»

«E poi tutto è cambiato», dice sarcastico.

«Le cose cambiano, non durano per sempre», replico.

«Sei stata tu a interrompere la nostra relazione», si avvicina improvvisamente, appoggiando le mani sulla panchina, intrappolandomi con le sue braccia.

«Ho bisogno di stabilità adesso», riesco a dire. Non so da dove stia prendendo la forza per parlare, ma deve capire che non sono di sua proprietà. Non lo sono mai stata.

«E credi che io non possa dartela?» chiede, ma poi aggiunge: «Ma tu la vuoi da Ashton, giusto.» I nostri respiri sono affannati e veloci. Il suo per la furia, il mio per la paura. «Credi che possa ancora farti del male?» mi domanda.

Sì, lo penso.

«Puoi non farlo», ribatto.

I suoi occhi fissi nei miei. Vorrei distogliere lo sguardo, ma non lo faccio. Non posso cedere adesso.

«Così è questo il nostro addio?» chiede e lentamente si allontana. Sembra più calmo.

Il suo umore è altalenante.

«Mi mancherai Jay, ma sì...», mento. Non mi mancherà, non più, se è questo il vero Jay.

All'improvviso sembra che abbia il potere di decidere l'andamento di questa situazione. Devo muovere i fili giusti e convincere Jay a lasciarmi andare, per sempre.

«Non continuare a seguirmi Jay, mi spaventeresti. Non voglio che non mi nomini più, ma ho bisogno che le nostre strade si dividano. Non ti ho mai usato. Non ti dico che sarà facile, non lo sarà nemmeno per me», continuo a

173

mentire. «Ma se mi lasci andare, avrò un bel ricordo di te. Se non lo fai... non sarà così. Non voglio ricordarmi di Jay come l'uomo che mi ha terrorizzata, voglio avere dei bei pensieri su di te. I nostri ricordi, tutto quello che è successo...» Sembra che il mio discorso stia funzionando perché il respiro di Jay cambia, diventa regolare e i suoi occhi ancora nei miei sembrano addolcirsi.

Riesco a trovare la forza per alzarmi. Un ultimo sforzo e potrò andarmene.

Faccio un passo in avanti e lo abbraccio.

Lui rimane rigido, paralizzato. Non se lo aspettava.

«Addio Jay», gli sussurro nell'orecchio.

Lo guardo per l'ultima volta, sembra perso.

Mi volto e mi allontano con calma. Non posso scappare o capirà la mia farsa.

Non mi segue, ne sono grata.

Voglio solo tornare a casa.

Arrivo all'uscita del parco, salgo in macchina. Di Jay non c'è traccia.

Metto in moto e me ne vado.

È tutto finito Jasmine, sei salva.

Capitolo 21

Sono passati quattro giorni da quando Jay ha voluto incontrarmi al parco. Non mi ha più cercata e non ci siamo più visti. Sembra aver mantenuto la parola.

Mi aveva detto che una volta che avrei accettato l'incontro mi avrebbe lasciata in pace, e così sembra.

Olivia ritorna a sedersi al nostro tavolo. Stiamo facendo colazione. È domenica.

Lei è felice e con Brandon va tutto bene. Ne parla spesso e anche tra me e Ashton sembra andare tutto bene.

Purtroppo dai video delle telecamere non si è riuscito a capire chi è stato a distruggere l'ufficio, ma le indagini stanno continuando.

«Perdonami, ma in bagno c'era una tizia prima di me che ci ha messo un po'», sbuffa.

Le sorrido. «Non ci sono problemi.»

Il cameriere ci serve i caffè e due brioches al cioccolato.

Olivia non sa quello che è successo tra me e Jay al parco. Crede che dopo la nostra ultima cena, quella che dovevamo fare, ma che non c'è mai stata, ci fossimo detti addio in modo civile e tranquillo. Non conosce la verità.

Ho preferito non dirle niente. Non volevo preoccuparla né metterla in pericolo. E lo stesso ho fatto con Ashton.

A pranzo mi vedo con lui, non vedo l'ora. Ha detto che andremo a mangiare in un locale davvero carino, ancora non mi ha avvisato dove, ma ha detto che me lo dirà e che mi farà venire a prendere. Sono elettrizzata, ogni volta che devo vederlo sono agitata e mi sudano le mani. È un buon segno, no? Olivia dice che ne sono innamorata. Io ancora non so cos'è, ma è qualcosa di bello.

Ma in fondo chi è che sa esattamente cos'è l'amore? Nessuno. Ha troppe forme, troppe emozioni e sensazioni da dare, da potergli affibbiare una giusta descrizione.

L'amore è indescrivibile, non si può spiegare.

«Come sta Ashton? La situazione con il lavoro va meglio?» mi chiede Olivia.

«La polizia sta indagando per scoprire chi sia stato a causare i danni, Ashton è tranquillo, ma io credo che qualcuno lo abbia fatto di proposito.»

«Ti riferisci a Jay?»

Sospiro. «Non lo so. Qualcuno...»

Sì, mi riferisco a Jay.

«Ma la polizia non è riuscita a ricavare niente dai video delle telecamere», aggiungo.

«Non sono riusciti a individuare nemmeno il sesso?»

«Si presume sia maschio, per l'assenza di seno. Ma difficile a dirlo, il soggetto non è stato ripreso in viso e poi anche se avesse una terza, sarebbe stata coperta dal vestiario», spiego e Olivia annuisce. «Spero solo che tutto passi in fretta. Ashton sta bene, dice che non è preoccupato, ma sono sicura che in fondo lo sia. Insomma, è il suo ufficio, il suo lavoro... la sua vita. So benissimo che nasconde la rabbia e il dispiacere, per non far pesare su di me il problema.»

«Perché mai dovrebbe pesare su di te?» mi chiede, ma la domanda resta in sospeso. «Perché tu credi che sia stato Jay e che l'abbia fatto per farvi un torto.»

Sospiro e mi lascio andare sulla sedia. «Credimi, non so nemmeno io cosa pensare.»

«Io direi di non rimuginarci più, ci sta pensando la polizia, è il loro lavoro, non il tuo.»

Mi mordo un labbro e finisco di bere il mio caffè.

All'improvviso un tizio si avvicina al nostro tavolo con un mazzo di fiori.

«Lei è la signorina Jasmine Davies?» dice leggendo un bigliettino.

Aggrotto la fronte. «Sì, sono io.»

«Questi sono per lei, mi hanno chiesto di portarglieli di persona», dice il ragazzo porgendomi i fiori.

«Oh... grazie», resto senza parole.

Saluta con un sorriso e se ne va.

«Chi te li manda?» mi chiede Olivia curiosa.

Faccio spallucce. «C'è un biglietto», lo prendo e lo leggo ad alta voce. «Ventiquattro fiori. Come le ore che vorrei passare insieme a te, ogni giorno. Ti aspetto al *London Bridge*. -A»

Il *London Bridge* è un bellissimo hotel, mi è apparsa qualche immagine pubblicitaria su internet.

Olivia congiunge le mani e mi guarda emozionata. «Che dolce!»

Sorrido sognante. «Ashton è un romanticone. Te l'ho mai detto?»

Olivia sospira. «Vuoi che ti accompagni?» mi domanda.

«No, mi ha detto che ci sarà una macchina fuori che mi scorterà. Immagino abbia organizzato tutto alla perfezione, anche se i fiori non me li aspettavo», li ammiro. Sono bellissimi.

Esco fuori dal locale e come previsto mi trovo davanti una Rolls Royce grigia, ci salgo e il conducente mi sorride e mi saluta.

«Che bei fiori», commenta.

«Grazie», gli sorrido e li appoggio sul sedile accanto a me.

«Possiamo andare?»

«Sì, certo.»

Ho il cuore a mille, non vedo l'ora di vedere Ashton e buttarmi tra le sue braccia, ringraziandolo per tutte le attenzioni che mi dà e per questi fiori stupendi.

Una volta arrivata al *London Bridge*, la macchina si allontana e con i fiori entro nella sala d'ingresso.

Prendo il telefono e scrivo un messaggio ad Ashton:

"Sono qui. Dove sei?"

A un tratto una donna con una divisa divina, si avvicina e mi domanda: «È lei la signorina Davies?»

«Sì, sono io.»

«Venga. Il signor Sutter la aspetta», mi invita a seguirla.

Prendiamo l'ascensore e saliamo su.

«È di qui il ristorante?» chiedo.

«Il signor Sutter ha per lei un'altra sorpresa, immagino», dice sorridente mentre guarda i fiori. «Sono davvero belli.»

Le sorrido e la ringrazio.

Chissà cosa avrà organizzato Ashton.

Appena le porte dell'ascensore si aprono, io e la donna usciamo mentre una coppia entra.

«Attenzione a quello che desideri, tesoro», dice il tizio. Mi volto. Lo guardo. Lo sta dicendo alla moglie e intanto si scambiano un sorriso complice.

178

Ingoio a vuoto e guardo il mazzo di fiori.

«Signorina, tutto bene?» mi domanda la donna. Alzo lo sguardo. Non mi sono nemmeno resa conto di essermi fermata. «Sì, sì. Andiamo», riprendo a seguirla.

Raggiungiamo una sala, in fondo c'è un pianoforte. È vuota e nell'aria la melodia di una musica classica fanno da sottofondo. Si sente profumo di rose, è buono.

«Dov'è Ashton?» chiedo alla donna, ma non faccio in tempo a sentire la sua risposta che ha giù chiuso la porta alle sue spalle, lasciandomi sola.

Mi guardo attorno, la stanza è illuminata dal sole. Cammino, c'è un biglietto sul ripiano del pianoforte. Appoggio i fiori sullo sgabello e leggo il cartoncino: «Sei arrivata, finalmente. Sei bellissima, sappilo. E presto verrò a dirtelo di persona. -A»

Lascio il bigliettino al suo posto e mi volto sorridente.

«Perché mi fai attendere? Ho voglia di vederti, Ash», dico.

Sospiro, mi liscio la gonna nera che indosso e mi porto i capelli dietro le orecchie.

All'improvviso la porta si apre, mi si mozza il fiato, in attesa che Ashton entri, ma resto delusa quando scorgo il volto di un altro uomo. Ha in mano un telefono, alza lo sguardo e resta perplesso quando mi vede.

«Mi scusi, ho interrotto qualcosa?» mi chiede, facendo caso alla melodia e al profumo di rose.

Sorrido imbarazzata. «Sto aspettando una persona», rispondo.

Poi lo osservo attentamente, e lo riconosco. È l'uomo che è entrato poco fa in ascensore.

«Lei era con sua moglie», aggiungo.

L'uomo aggrotta la fronte. «Fidanzata», corregge.

Annuisco. «Sì, mi scusi, lei. L'ho vista poco fa mentre uscivo dall'ascensore.»

«Oh, davvero? Mi spiace, ma non ci ho fatto caso», dice infilando le mani nelle tasche dei jeans. Sembra imbarazzato. «Sta aspettando suo marito?»

«Ehm... no.»

«Fidanzato.»

Mi mordo un labbro. «Ehm... Più o meno.»

«Più o meno?» ribatte divertito.

«Non abbiamo ancora definito il nostro rapporto», rispondo come per giustificarmi.

«C'è bisogno di definirlo?» ribatte perplesso.

Resto in silenzio, mentre lo guardo.

Io e Ashton ci stiamo frequentando da qualche mese, proviamo qualcosa l'uno per l'altra, ma non ci siamo ancora reputati due fidanzati.

Intendevo questo.

Ma perché devo dare spiegazioni a uno sconosciuto?

«Da quanto aspetti?» chiede.

«Non da molto.»

«Non ti avrà mica dato buca», ribatte ironico. Storco le labbra, facendogli capire che non è divertente. «Scusami, prendo facilmente confidenza.»

«Non fa niente», distolgo lo sguardo e osservo il cielo fuori le finestre. È una bella giornata. Vorrei che Ashton fosse già qui.

«Io sono Gabriel», si presenta.

Non voglio dargli corda. Così gli sorrido e basta.

«E il tuo nome è...?» aggiunge.

«Jasmine», dico.

Il tizio avanza, ha ancora le mani in tasca. Si ferma dopo due passi. «Jasmine... Avevo un'amica con il tuo stesso nome.»

«Avevi?»

«Sì, poi l'ho scopata e, beh, ti lascio immaginare...», dice con orgoglio.

Annuisco. Prendo il telefono, Ashton non mi ha scritto niente. Così mi avvio verso l'uscita della sala per chiamarlo, ma il tizio mi ostacola.

«Devo passare», dico, provando a scansarlo, ma continua a tagliarmi la strada.

Accenna un sorriso sardonico.

«Scappi da me?» chiede.

«Devo fare una chiamata. Il mio ragazzo verrà a breve.»

«Il tuo ragazzo? Sbaglio o mi hai detto che non avete ancora definito la vostra situazione sentimentale?»

Nel suo sguardo riconosco quello di Jay. Non è lui, ma all'improvviso mi sembra di ritornare a quattro giorni fa, a quella sera al parco. Quando non avevo via di fuga finché non sono riuscita a crearla.

«Se non mi lasci andare, chiamo la sicurezza», dico.

Gabriel sgrana gli occhi. «Oh, davvero? E come intendi fare?»

Sto per dirgli che ho il telefono tra le mani e che potrei benissimo essere in grado, ma qualcosa nel suo sguardo mi dice che non ci riuscirei o non ne avrei nemmeno il tempo.

Ingoio a vuoto. Provo a fare un passo in avanti, ma il tizio mi prende per il polso bloccandomi. Mi fa male.

«Dove vuoi andare Jasmine? A chiamare il tuo caro dottore?» dice con fare malizioso.

Come fa a sapere di Ashton?

Con l'altra mano mi accarezza il fianco, poi la schiena. Mi irrigidisco, mi sento impotente. Non sono in grado di muovermi. Mi brucia la gola e vorrei urlare, ma la voce non viene fuori.

La sua mano scende giù, sta per toccarmi il sedere. Mi sento devastata e molestata.

181

Non è sicuro stare qui, devo in qualche modo andarmene.

Per un attimo credo che Ashton non verrà più. Ma perché mi ha fatto venire qui? Cosa succede?

Sto per reagire utilizzando l'altra mano, ma lui riesce a bloccarmi con un agile movimento. Adesso la sua bocca è vicino alla mia.

Mi faccio coraggio e parlo: «Togli le mani dal mio corpo e lasciami andare», gli ordino. Come se potessi davvero dare dei comandi a quest'uomo.

«Altrimenti cosa farai?» mi chiede. Inizia a ridere, una risata malvagia. «Potresti chinarti e succhiarmi l'uccello. Che ne dici?»

Mi viene da piangere, ma cerco di ingoiare il groppo che ho in gola. Non posso cedere, non posso mostrarmi fragile, sarebbe un'arma a doppio taglio a sua disposizione. La userebbe contro di me.

Sono sopraffatta dalla paura nonostante cerchi di nasconderlo.

«Ehi, lasciala subito andare!» Una voce imponente grida alle mie spalle.

Per un solo secondo chiudo gli occhi sperando che sia Ashton, ma quando mi volto, la situazione da brutto sogno diventa un incubo.

È Jay.

Ci viene incontro. «Non la devi toccare», intima a Gabriel.

«Ehi, amico, ci stavamo solo divertendo.»

Provo a indietreggiare, anche se non so dove andare. Ma lo sguardo di Jay mi inchioda. «Tu ti stavi divertendo?» mi chiede. Per un attimo mi domando se stia dicendo sul serio, ma il suo sguardo severo mi fa credere di sì.

Così scuoto la testa, rimanendo in silenzio. Non riesco a parlare. Sento solo il suono del mio cuore che sta esplodendo nel mio petto, ho paura.

«La signorina non si stava divertendo», dice Jay.

«Ah no?» ride sardonico Gabriel.

Sento il sangue raggelarsi. Sono in gabbia.

«Così tradisci Ashton con lui?» mi chiede Jay, sembra perplesso e arrabbiato.

«Cosa? No!»

«E allora cosa cazzo ci fai con lui?»

Guardo entrambi, mi fanno paura. «E tu? Tu, Jay, cosa ci fai qui?» chiedo.

Fa un passo verso di me, alzo l'indice verso di lui. «Non ti avvicinare. Nessuno dei due mi deve toccare», dico. La voce mi trema, ma riesco a trovare la forza di affrontarli.

Jay si rilassa e inizia a ridere. Guarda dietro di me. «Ti sono piaciuti i fiori?»

Li guardo, poi collego tutto. Indietreggio ancora un po'. Fisso Jay. «Li hai mandati tu?»

Si passa una mano attorno alla bocca mentre avanza. Sorride maligno. «Sapevo ti sarebbero piaciuti. Quale modo migliore per attirare una donna dove vuoi tu, con dei fiori.»

«Anche la frase era d'effetto», aggiunge Gabriel.

Jay lo guarda e annuisce. «Giusto.»

«Voi due…»

«Jasmine, ti presento Gabriel, un mio amico.»

Il mio cuore manca un battito. Sono complici. «Quando voglio so essere davvero romantico», mi dice Jay.

«Credevo che ci fossimo detti addio al parco, avevi promesso che mi avresti lasciata in pace», rispondo con un nodo alla gola pronto a farmi piangere.

«Credevi, credevi, credevi...», sbuffa. «Hai creduto a troppe cose Jasmine. E poi...» indurisce lo sguardo, «sei stata tu a dirmi addio, io sono rimasto in silenzio.»

Deglutisco. Provo a pensare a un modo per andarmene, scappare via di qui, ma non trovo soluzione. Così faccio la cosa che mi viene più naturale fare: indietreggio.

«Credevi davvero che fosse Ashton a cercarti?» sogghigna. «Povero dottore, quante pene sta passando per colpa tua.»

«Sei stato tu, vero? Hai distrutto l'ufficio e adesso vuoi farmi del male.»

Alza le sopracciglia. «Farti del male? Oh, piccola Jasmine, io non voglio farti del male...», urto contro il pianoforte. Sono bloccata. Non ho via di scampo. Jay mi ha quasi raggiunta, si ferma a pochi passi da me. «...Io ti amo.»

Mi viene da vomitare.

Il modo in cui lo dice mi indigna: pieno di desiderio, malizia. I suoi occhi mi comunicano che vorrebbe farmi voltare e scoparmi su questo pianoforte, probabilmente contro la mia volontà. E lo farà anche Gabriel?

Mi bruciano gli occhi.

Possibile che non venga nessuno qui? Che fine hanno fatto gli addetti alla sicurezza? E tutti i dipendenti dell'hotel?

«Sono sempre accanto a te Jasmine. Anche quando non te lo aspetti, anche nel buio.»

Un colpo al cuore. Chiudo gli occhi in una fessura. «Eri tu...»

«La sagoma?» ride. «Ci sei arrivata finalmente. Ce ne hai messo di tempo.»

«Quale sagoma?» chiede Gabriel.

Ma Jay sventola una mano per aria. «Poi ti spiego.»

«E il biglietto...», inizio a dire.

«Oh, quello l'ho scritto io», replica Gabriel.

Una lacrima mi riga il viso. «Perché?» chiedo.

«Vuoi sapere troppo, Jasmine», ribatte Gabriel.

«Voi due siete pazzi», affermo aggrappandomi al pianoforte dietro di me.

«Io sono solo... annoiato», dice Gabriel.

«Io invece sì, sono pazzo... di te. Da sempre.»

Da sempre?

Mi bruciano gli occhi. Mi ritorna in mente la frase detta in chat, quando parlavamo all'inizio: "*Sei sempre stata bella.*"

Sono stata una stupida. Un'ingenua. Come ho potuto credergli, come ho potuto fidarmi?

Devo andarmene da qui, così utilizzo l'unica arma a mia disposizione. Prendo i fiori e li scaravento su Jay e scappo. Faccio il giro della stanza per raggiungere la porta ed evitare Gabriel, ma sono fottuta quando lui si posiziona e non mi lascia passare.

«Dove credi di andare bellezza?»

«Mossa sbagliata, Jasmine», dice Jay. Sembra arrabbiato, getta i fiori a terra e li pesta.

Mi viene in mente quello che è successo nello studio di Ashton... la nostra foto a terra, calpestata.

«Non ti vuoi divertire ancora un po' con me?» sogghigna.

«Lo abbiamo già fatto, adesso basta», dico.

All'improvviso scaraventa una sedia a terra, facendomi sobbalzare. È fuori di sé. «Basta? Basta?! Dico io quando è finita!» grida.

Resto immobile. Mi si mozza il fiato. Mi sto indebolendo.

L'espressione sul suo viso si addolcisce. «Ti sto spaventando...», dice. Resto in silenzio. Sgrana gli occhi, si avvicina e mi accarezza la guancia. Chiudo gli occhi.

185

Provo un enorme disgusto. «Jasmine, scusa… Io…», inizia a dire. Balbetta. «Ti prego guardami.» Apro gli occhi e fisso le sue iridi chiare. Adesso mi terrorizzano. «Scusa», aggiunge. Sembra realmente dispiaciuto, anche se non gli credo. Poi una lacrima gli riga il viso, allontana la mano dal mio viso. Si guarda attorno, osserva il suo amico. «Io… non so cosa sto facendo. Non voglio farti del male, io…», improvvisamente è disorientato. «Mi dispiace, ti prego, perdonami.»

Ingoio a vuoto. Alzo il mento. «Lasciami andare e ti perdono.»

Lui mi fissa avvilito. Annuisce. «Gabriel, falla passare.»

Resto scioccata. Mi sta davvero lasciando andare?

Mi volto lentamente e Gabriel si è scostato per farmi passare.

Attendo qualche secondo, riguardo Jay, l'espressione è ancora abbattuta. Faccio per andarmene, ma Gabriel mi blocca nuovamente la strada e mi spinge.

Jay scoppia a ridere. Lo guardo, paralizzata. «Ci hai creduto?»

Lo odio, vorrei ferirlo.

«Tu sei instabile. Forza, fai quello che devi fare. Vuoi scoparmi, Jay? Lo vuoi?» lo affronto.

«Occhio bella, ti ricordo che siamo in due», dice Gabriel alle mie spalle.

Lo fisso. «Vuoi scoparmi anche tu? Per cosa ti sta pagando questo idiota?»

Jay continua a ridere, la sua risata diventa più cattiva e più forte. «La senti Gabriel? Vuole essere scopata. Potremmo accontentarla.»

Rabbrividisco solamente all'idea. Gabriel accenna un sorriso sbilenco. «Come ti piace, dolce o violento?»

186

«Dipende. Le piacciono gli schiaffi sul sedere», aggiunge Jay.

Non è vero.

«Oh, ti piacciono le botte», Gabriel sgrana gli occhi avidi.

Sta per avvicinarsi a me, ma lo spingo e lo sputo in faccia. «Tu non mi toccherai!»

Gabriel storce la bocca. È irritato. Si pulisce la guancia, guarda le dita. Accenna un sorrisetto e all'improvviso la sua mano colpisce forte la mia guancia, scaraventandomi su una sedia.

«Stupida puttana! Sarei capace di aprirti le gambe adesso e violentarti su questa cazzo di sedia!» urla.

Le lacrime abbandonano i miei occhi. Voglio Ashton. Non riesco a pensare ad altro se non a lui e a come poter fuggire.

Adesso sono a pezzi e senza aria. Mi sembra di vivere in un incubo e penso che la mia ora sia arrivata.

Jay mette una mano sul petto di Gabriel, allontanandolo. Si piazza di fronte a me. «Ho detto che tu non la toccherai», dice. Si china e mi accarezza la gamba. Abbassa la voce, mi fissa. «Ma io posso, vero tesoro?» Non è cordiale, è una minaccia. Vuole fare sesso con me, anche contro la mia volontà. Vuole farmela pagare.

Provo a scostare la gamba dal suo tocco, ma lui mi blocca. Stringe la presa, facendomi del male. «Non mi costringere a utilizzare le maniere forti, Jasmine», dice. «Fa' la brava e non sentirai alcun dolore, disubbidiscimi e giuro che ti ricorderai questo giorno per il resto della tua vita.»

Così faccio solo una cosa. L'unica che posso fare. Ci devo provare, devo riuscire ad andare via da qui. Devo mettermi in salvo.

Ho una gamba libera.

Prendo fiato, fisso i suoi occhi e all'improvviso lo colpisco con forza nei genitali, facendolo accasciare a terra. Mi alzo di scatto, Gabriel mi blocca. Provo a spingerlo, ma lui mi colpisce nuovamente la guancia. Lancio un urlo di disperazione, è una lotta. Non posso vincere contro di lui.

Osservo Jay, è ancora a terra.

Spingo con più forza Gabriel verso le sedie, inciampa su una perdendo l'equilibrio, ma non cade. Così ne approfitto per aprire la porta a scappare.

Prendo le scale, l'ascensore è chiuso e ci metterebbe troppo ad arrivare.

Scendo giù, velocemente.

Delle persone mi guardano perplesse. Sembrerò una pazza, terrorizzata. Ma è la verità ho paura e ho il timore di ritrovarmi Jay e Gabriel davanti a me. Questa volta mi faranno davvero del male.

All'improvviso mi scontro contro un tizio, mi prende, non riesco a guardarlo in volto. «Lasciami!» grido.

«Jasmine, sono io, Jasmine!» mi scuote.

Apro gli occhi, non mi sono accorta di averli chiusi. È Ashton.

Scoppio a piangere e mi butto tra le sue braccia.

«Dobbiamo andarcene di qui», dice e mi trascina via.

Saliamo in macchina. Alla guida c'è Olivia.

Non facciamo in tempo nemmeno a chiudere la portiera che ci stiamo già allontanando.

Capitolo 22

«*Dove andiamo?*» *chiede Olivia.*

«*Portiamola a casa mia*», *dice Ashton.*

Mi ricordo solo questo, poi ho chiuso gli occhi e sono svenuta.

Adesso sono sul divano a casa di Ashton che mi mette del ghiaccio sulla bocca. Ho un labbro spaccato e un po' di sangue. Olivia mi ha preparato una tazza di thè caldo e mi ha dato una coperta.

Non so quante ore siano passate dall'accaduto, ma adesso è sera, il sole è tramontato e io ricordo tutto quello che è successo come se stesse succedendo adesso.

Mi sento frastornata, ripenso a quello che è successo e rivedo i fari dal camion il giorno dell'incidente, la mano di Gabriel che mi colpisce, Jay che vuole fare sesso con me, la sua mano sulla mia coscia, Gabriel che mi blocca.

I fiori. Il pianoforte. La musica.

Sento ancora la risata di Jay.

«Jasmine…», Olivia mi richiama. La guardo. La tazza fumante tra le mie mani, non ho ancora bevuto. «Tutto okay?»

Annuisco e avvicino la tazza alle labbra.

Ashton è accanto a me, mi guarda preoccupato.

«Devi dirmi cosa ti hanno fatto Jasmine», dice Ashton.

Sa dell'incontro, del fatto che mi hanno ingannata. Ma non gli ho raccontato delle mani di Gabriel sul mio corpo, non gli ho raccontato che Jay voleva violentarmi. Anche

189

se con la ferita alla bocca lui crede che loro mi abbiano toccato, ho inventato una scusa, ho detto che nella fretta sono caduta e ho sbattuto il muso a terra.

Non ce la faccio.

Mi sento già abbastanza stupida ad aver creduto a tutta la messa in scena. Credevo davvero fosse Ashton, e invece...

«Come avete fatto a trovarmi?» chiedo.

«Ho letto il tuo messaggio, mi sembrava strano perché non ti avevo ancora detto dove dovevamo andare. Ti ho cercata, ma ho visto che non rispondevi, così ho chiamato Olivia e mi ha detto dei fiori, di quello che c'era scritto nel biglietto. Così siamo venuti al *London Bridge*.»

Annuisco e una lacrima mi riga la guancia, la asciugo immediatamente con il polso.

«Ti hanno toccata?» mi domanda Olivia.

Scuoto la testa.

Si siede accanto a me. «Jasmine, puoi dirlo, non possono passarla liscia.»

«Non mi hanno fatto niente», mento.

Non oso immaginare cosa accadrebbe se dicessi la verità. Ashton chiamerebbe la polizia e non ho prove di quello che ho subito.

Si dovrebbero basare solo sulle mie parole, nel frattempo Jay e Gabriel lo verrebbero a sapere, e chissà cosa farebbero per vendicarsi.

Sento un peso sullo stomaco. Mi viene ancora da vomitare e credo che a breve lo farò. Ho bisogno di buttare tutto fuori, di piangere, di urlare, di prendermi a schiaffi... ma non faccio nulla di tutto questo. Resto immobile, con la tazza fumante tra le mani e gli occhi fissi sul camino davanti a me.

«Dobbiamo andare alla polizia», dice Ashton. «Non possono passarla liscia.»

«E dire cosa?»

«Quello che è successo.»

Scuoto la testa. «Non ci sono prove, non c'è niente.»

«Jasmine, non possono farla franca, tu...»

«Ash, ti prego!» lo interrompo un po' bruscamente. «Voglio solo dimenticare.»

Leggo il dolore nei suoi occhi lucidi. Si passa una mano tra i capelli, grattandosi il capo. Non accetta la mia decisione, lo so.

«Avrebbero potuto farti del male, seriamente», dice Ashton a bassa voce. «Se non fossi venuto, chissà cosa sarebbe successo. Se non fossi riuscita a scappare...»

Un'altra lacrima scende. La cancello. «Ma sono fuggita e tu eri lì», dico. Come se fosse tutto ovvio e normale.

So benissimo cosa sarebbe successo e non voglio nemmeno pensarci.

Ho ancora il terrore addosso e non riesco a scacciare i suoni, le parole e le immagini dalla mia testa.

«Jasmine, noi siamo qui, pronti ad aiutarti», dice Olivia.

Appoggio la tazza sul tavolino basso davanti a me, mi copro con la coperta e mi distendo. «Vi spiace se riposo?», chiudo gli occhi.

***

Sono a casa di Ashton da una settimana. Non vuole farmi tornare nel mio appartamento, dice che sono più al sicuro da lui.

Non mi lascia un attimo sola, persino quando devo andare in bagno, lui è dietro alla porta in allerta.

Ho pensato seriamente di andare da uno psicologo, ma l'ho già fatto dopo l'incidente. So cosa si prova. Bisogna affrontare il dolore, parlarne e superarlo.

191

Non so se sono in grado di farlo, soprattutto dopo che non ho detto tutta la verità.

Voglio dimenticare, credo sia normale volerlo fare.

Ho bloccato Jay su Facebook, ho provato a cercare Gabriel per fare lo stesso al suo profilo, ma non l'ho trovato.

Ho cambiato numero, così che non potesse più rintracciarmi.

In questi giorni Olivia è passata a farmi visita e ho conosciuto Brandon, un bel tipo è simpatico.

Abbiamo passato anche una serata tutti e quattro insieme, a casa di Ashton. Abbiamo ordinato delle pizze e affittato un film.

Ashton ha ripreso a lavorare e ovviamente mi porta con sé.

Allo studio ho ripreso posto dietro la mia postazione e ho notato con gioia che qualcosa è cambiato. La mia scrivania è più colorata, Ashton ha messo un pupazzetto a forma di orsacchiotto con un cuore in mano che dice: "*I'm with you*". Ed è vero lui è sempre con me

Ashton ancora oggi mi chiede se gli ho detto tutta la verità su quello che è accaduto al *London Bridge*, e io continuo a confermare.

Jay e Gabriel sembrano spariti.

«Buongiorno. Come ti senti?» è la domanda che mi viene fatta ogni giorno. La risposta è sempre la stessa: «Meglio, grazie.»

Ma non è così.

Non è migliorato niente. Mi sono sentita violata e non al sicuro.

Ho paura di tornare alla mia abitazione, di uscire da sola per strada, anche solo per buttare la spazzatura. Ho paura di guardare oltre la finestra per timore di rivedere la sagoma, cioè Jay.

Ho paura, ed è una sensazione terribile.

Olivia mi dice che sono stata coraggiosa, sono scappata e ho avuto le palle per affrontarli. Ma io non mi sento per niente così, tutt'altro, mi sento debole e sciocca.

Mi sono fidata di una persona sbagliata, che all'improvviso vuole farmi del male.

Mi sono data a lui perché credevo di fare bene e invece sono diventata il giocattolo e l'ossessione di quest'uomo.

Volevo trovare la strada giusta e quando finalmente l'ho trovata, le mie decisioni si sono rivoltate contro, pagandone le conseguenze.

***

Oggi è domenica e Ashton ha deciso di fare un giro al centro commerciale per cercare di distrarmi, così abbiamo chiacchierato bevendo una birra.

Mi ha fatto una sorpresa portandomi al locale del nostro primo appuntamento e in serata, dopo aver preso del cibo da asporto, siamo rientrati e ci siamo accoccolati sul divano a guardare un film romantico.

Durante la visione, la protagonista sta per fare un incidente, una macchina le stava andando addosso, ma lei è riuscita a frenare in tempo.

Così li rivedo…

I fari.

Sono in auto, sta per scattare il verde. Sto cantando la canzone di Whitney Houston "I wanna dance with somebody". Adoro la sua voce.

È verde.

Parto e all'improvviso la voce di Whitney scompare, viene coperta dal clacson imponente di un camion che mi

193

sta per tamponare. Dei fari mi accecano. Non faccio in tempo a evitarlo che mi travolge.
E all'improvviso, la musica svanisce, tutto si attenua, le luci non si vedono più... tutto diventa buio.
Non ricordo nient'altro.
Cosa stavo facendo prima? Perché ero in auto?
Marcel, il mio vecchio datore di lavoro, mi aveva detto che avevo finito il mio turno al ristorante.
Ma io non ricordo nulla.

«Ehi...», Ashton mi scuote dolcemente.
Lo guardo. Gli occhi colmi di lacrime.
«È tutto okay», accenno un sorriso debole, ma Ashton non mi crede. Così rimane in silenzio e mi dà un dolce bacio sulla fronte tirandomi a sé facendomi affondare la testa nel suo collo.
Lo abbraccio e chiudo gli occhi.
Sei a casa Jasmine, è tutto okay.
Ma le lacrime iniziano a venire fuori, sono impotente, non riesco nemmeno a fermarle.
«Ci sono io con te, amore. Non sei da sola.»
Amore?
Alzo gli occhi. Incrocio i suoi, poi guardo la sua bocca.
È perfetta.
«Se potessi prendermi un po' del tuo dolore, lo farei», mi dice.
È afflitto e so che vorrebbe aiutarmi.
Lo bacio. «Non ce n'è bisogno», sussurro nella sua bocca. «Mi stai già curando.» Appoggio la fronte contro la sua. «Devo dirti alcune cose.»
Lui mi guarda. È preoccupato.
«Non te le ho dette prima perché non volevo allarmarti. Ma ricordi quando ti dissi di aver visto qualcuno fuori dalla finestra che mi fissava?» Ashton annuisce. «Era Jay.

194

Poi dopo la prima volta che mi sono incontrata con lui ho trovato un biglietto sotto la porta.»

«Un biglietto?» chiede perplesso.

«Diceva: "*Attenta a ciò che desideri*", è stata opera di Gabriel. E lo studio…», mi mancano le parole. Sospiro. «È stato Jay, l'ha confermato lui.»

Ashton prende un profondo respiro e chiude gli occhi. Si lascia andare sul divano.

«Mi dispiace non avertelo detto prima, dovevo avvisarti, ma avevo paura», inizio a singhiozzare. «Non volevo che ti facessero del male», i suoi occhi guizzano nei miei. «È stato capace di distruggere il tuo studio, come potevo avere la sicurezza che non avrebbe fatto del male a te. Qualche settimana fa ha voluto incontrarmi al parco, di notte. Non accettava il fatto che non lo volessi più nella mia vita, mi ha minacciata. Così l'ho incontrato, inizialmente ha avuto un atteggiamento strano, era molto arrabbiato, poi sono riuscita a farlo calmare e sono fuggita via.»

«Oh, Jasmine…»

«E inoltre…», aggiungo, «io e Jay siamo andati a letto insieme Ash. Per questo lui si comporta così.» L'espressione sul suo viso cambia, sembra ferito, angustiato, deluso. «Vuole ferirmi perché ho scelto te, è il suo modo per vendicarsi», continuo a piangere. Mi sento una merda. «Mi dispiace, non volevo nasconderti tutto questo, ma avevo paura.»

«Di cosa?»

«Del tuo giudizio, che non mi avresti più guardata come facevi e come hai fatto sino a qualche minuto fa», dico mentre la voce va a spezzarsi.

Ashton si scosta. Appoggia i gomiti sulle ginocchia e si copre il volto con le mani.

«Ti prego non mandarmi via», dico, con voce flebile.

«Perché hai paura?»

«No, perché voglio stare con te. E al momento non ho paura di Jay, né di Gabriel. Mi spaventa l'idea di perderti e so che può accadere, e non voglio Ash.»

Si alza in piedi. Spegne la TV.

«Non posso credere che mi hai tenuto all'oscuro di tutto questo. Io mi sono fidato di te.»

Strizzo gli occhi. «Perdonami.»

Si passa una mano tra i capelli. Sospira e alza gli occhi al cielo per non piangere.

«Parlami, ti prego», dico.

Ho bisogno che dica qualcosa, ho bisogno di sapere cosa pensa e cosa vuole fare.

Si alza, sta per andarsene, ma scatto in piedi e gli afferro una mano. «Ash...», le lacrime arrivano fino alle mie labbra tremanti. Sento il sapore amaro del dolore.

Ashton ritrae la mano dalla mia. Non è brusco, non sembra nemmeno arrabbiato, ma peggio... è ferito. E quando una persona resta delusa, è più difficile.

«Devo andare a sdraiarmi», dice.

Lo guardo allontanarsi. Il mio cuore si sgretola.

Passa un'ora. Non so cosa fare. Guardo lo schermo spento del televisore. Cerco un modo per farmi perdonare da Ashton, ma non c'è.

Così spengo le luci e lo raggiungo in camera da letto. La luce del lume è accesa. Lo osservo, è disteso di lato, ma mi dà le spalle.

Mi distendo accanto a lui e lo abbraccio. Non ricambia, non si muove. Non so se sta dormendo. Affondo il viso dietro la sua nuca, mi sfuggono delle lacrime. Mi stringo a lui.

«Perdonami», gli sussurro, lo sento irrigidirsi. È sveglio. «Sei tu l'unica cosa che conta, volevo solo

proteggerti e non volevo essere una delusione per te.»
Singhiozzo. «Non posso stare senza di te, Ash.»

Lo vedo mentre allunga un braccio e senza dire niente spegne la luce del lume.

E gli ultimi pezzi del mio cuore vanno in frantumi.

Capitolo 23

«Oggi resto a lavoro», dice Ashton.

«Hai bisogno di aiuto? Posso restare se...»

«No, va' pure. La tua giornata è finita. Ci vediamo a casa», mi dice, senza guardarmi in faccia.

Il suo tono è neutro, ed è proprio l'indifferenza usata che mi ha ferita.

Olivia mi ha invitata a prendere un caffè con lei e Brandon, ci sarà anche il cugino di lui. Dice che è un tipo davvero divertente ed è tornato da poco a Londra.

Inizialmente non ho accettato, poi lei ha insistito ed è difficile dire di no a Olivia quando ci si mette.

Salgo in macchina e raggiungo un bar vicino al St. George's Fields. Per la prima volta, sono in giro da sola. Mi guardo attorno, la paura finalmente comincia a diminuire.

Ashton non ha detto niente quando ha saputo che dovevo spostarmi, fino a qualche ora fa non voleva che uscissi di casa da sola, nemmeno per prendere la posta dalla cassetta delle lettere, e adesso mi fa prendere la macchina senza qualcuno accanto.

Sospiro e una volta arrivata a destinazione, scendo dall'auto. C'è un tavolino fuori e vedo seduta Olivia con Brandon. Sono davvero belli insieme. Lui le tiene la mano.

Vorrei tanto ci fosse Ashton qui, insieme a me.

Ripenso a questa notte. Sono rimasta stretta a lui per tutto il tempo, non sono riuscita a dormire, la paura di perderlo è troppo forte.

Lui, d'altro canto ha continuato a non parlarmi, tranne per dirmi cosa c'era per colazione.

Non mi ha chiesto come mi senta, né se avessi dormito bene o male, non mi ha detto niente.

La premura che ha sempre avuto nei miei confronti, improvvisamente sembra svanita nel nulla.

Mi fa male sentirlo così freddo e scostante, vorrei tornare indietro e rimediare ai miei errori pur di stare bene con lui, che è l'unica cosa di cui mi importa.

Mi avvicino al tavolo e Olivia si alza in piedi per salutarmi, Brandon mi rivolge un sorriso.

Mi accomodo.

«Allora, come stai?» mi chiede Olivia.

«Potrebbe andare meglio.»

Lei annuisce. Questa mattina le ho mandato un messaggio spiegandole cosa è successo tra me e Ashton. Ovviamente è l'unica a saperlo, credo che Brandon sia ignaro di tutto.

Olivia appoggia la mano sul mio polso. «Vedrai che si sistemerà tutto. Dagli tempo.»

Annuisco. «Sì, forse è così.»

«Ne sono sicura. Dopo lo vedrai?»

«Mi ha detto "Ci vediamo a casa", quindi immagino di sì», replico. «Anche se forse dovrei prendere le mie cose e andarmene, prima che dica qualcosa lui.»

«Perché dovresti farlo?»

«Mi sento come se fossi un peso, sono sicura che non mi vuole nei paraggi e rimanere a casa sua non aiuta.»

«Non credi di correre troppo? Ricordati che non ti ha fatta tornare a casa tua, è un buon segno.»

«Non è detto che non lo farà», ribatto.

Olivia mi sorride comprensiva.

«Tu mi avresti mandata via?» le chiedo.

Alza le mani come per astenersi. «Non voglio intromettermi sono questioni private.»

«Voglio sapere cosa avresti fatto», insisto.

Scrolla le spalle. «Non lo so, forse... Mi avrebbe fatto molto male.» Distolgo lo sguardo, portandolo altrove. Sono afflitta. Olivia ha ragione. Cosa mi aspettavo?

«Ehi...», mi dice, «adesso non ci pensare.»

Annuisco e Brandon mi sorride. «Non so cosa sia accaduto, ma a tutto c'è rimedio.»

«Grazie Brandon.» Lo conosco davvero da poco tempo, ma ho potuto appurare che è una persona dolce, gentile e simpatica. Ci credo che Olivia stia bene con lui.

«Vorrei dirti una cosa, ma non so se è il momento opportuno», accenna Olivia mordendosi le labbra.

«Cosa?»

«È una bella notizia», commenta Brandon.

Mi raddrizzo. Sorrido. «Allora voglio saperla.»

«Io e Brandon andiamo a vivere insieme!» esclama Olivia contenta e Brandon la tira a sé dandole un bacio sui capelli.

Sgrano gli occhi e mi copro la bocca per non urlare.

«Oh mio Dio! Davvero?»

Olivia annuisce. «Sì. Non ci credevo nemmeno io.»

«E rimanete nei paraggi?»

«Assolutamente sì», replica Brandon.

«Che bello!» mi porto la mano sul cuore e poi stringo quella di Olivia. «Sono così felice per voi. E ditemi, quando lo avete deciso?»

«In realtà è stata una sorpresa», dice Olivia. «L'ho saputo solo ieri pomeriggio, non vedevo l'ora di dirtelo.» Continua a sorridere. È raggiante. Quando sono arrivata ho notato una luce diversa nei suoi occhi, adesso capisco qual è il motivo. «Stavamo passeggiando e all'improvviso mi dice che ha dimenticato di fare una commissione e che è urgente, chiedendomi di accompagnarlo. Ovviamente io ho accettato, così siamo entrati in macchina partendo subito.» Mi racconta con gli occhi che brillano.

In questo momento vorrei essere felice quanto lei, e invece la mia vita è un costante incubo. Lo è stata a Lipsia e adesso anche qui…

«E poi?» la incoraggio a continuare. Sono emozionata quanto lei.

«Si è fermato e mi ha chiesto gentilmente di indossare una benda.»

«Credeva fosse un giochetto porno», commenta divertito Brandon e Olivia gli dà un colpetto sulla spalla.

Scoppio a ridere.

«Non mi aveva mai chiesto di mettere una benda, oltretutto era rosso fuoco», commenta ironica, strappandomi un'altra risata. «Io ho accettato e ho sentito la macchina ripartire. Quando siamo scesi dall'auto mi ha presa per mano invitandomi a seguirlo. Ero così emozionata. Abbiamo salito delle scale e poi ho sentito il rumore delle chiavi. Non vedevo l'ora di scoprire cosa mi aspettasse, mi ha tolto la benda e ha gridato: "Ta-dan!", e resto stupefatta. Un appartamento bellissimo. Ero senza parole, non sapevo se gridare o piangere dalla gioia, quando mi sono voltata, mi ha preso le mani e mi ha detto che…», le viene a mancare la voce dall'emozione.

«Le dico che la amo e che voglio trascorrere le mie giornate con lei. Svegliarmi e addormentarmi con lei tra le braccia», prosegue Brandon.

Olivia lo guarda con occhi sognanti e lo bacia. «E così… abbiamo il nostro nido d'amore.»

Congiungo le mani. «È bellissimo. Brandon, sei stato dolcissimo», dico.

La loro felicità è travolgente, si vede che c'è un forte sentimento che li lega e fanno bene a viverselo.

Penso invece a quanto io sia stata stupida, probabilmente ho rovinato il legame tra me e Ashton.

Avevo lui, ho sempre avuto lui, che bisogno c'era di evadere?

Volevo farlo perché mi sono sentita rinchiusa tra un passato che non conosco e che mi tormenta, e un futuro tutto da costruire.

Svegliarsi senza più sapere nulla, in un corpo che a stento ricordi tuo e con una faccia che in un primo momento non ricordavi ti appartenesse non è piacevole.

Non so che tipo di persona fossi, né quella che voglio diventare, ho sbagliato a cercare di fuggire da me stessa e ora sto per perdere il futuro perché avevo paura di affrontarlo continuando a guardarmi indietro cercando in tutti i modi di cancellare il passato.

Ero così impegnata a fuggire, quando l'unica cosa importante e giusta da fare era restare.

Sono stata una sciocca.

Solo adesso me ne rendo conto.

«Non avrei mai pensato che un giorno sarei entrato in una gioielleria e avrei incontrato la donna della mia vita», commenta Brandon.

«Non lo avrei mai detto che il mio stesso lavoro mi avrebbe portato l'amore», aggiunge Olivia.

«Si chiama destino», replica un tizio alle loro spalle.

Alzo lo sguardo e resto paralizzata.

È Gabriel.

Mi ricordo di quello che è successo al *London Bridge...* Tutto si materializza davanti ai miei occhi, mi sembra di ritornare a quel momento. La paura. Il terrore. La voglia di scappare e mettermi in salvo.

Vogliono farmi del male.

Allunga la mano verso di me. «Jasmine, giusto? Olivia e Brandon mi hanno parlato molto di te.»

Non riesco a respirare. Tutto sembra diventare un caos totale. Mi gira la testa.

Cosa ci fa lui qui?

Mi parla come se non mi avesse mai conosciuta, come se non fosse mai accaduto niente.

Cerco di rilassarmi, ma non ci riesco.

Sento mancarmi.

«Tu…», riesco a dire senza completare la frase.

Gabriel mi sorride.

Non posso credere che il tizio davanti a me sia lo stesso che ha aiutato Jay a farmi del male.

«Jasmine, lui è David, mio cugino», dice Brandon facendo accomodare Gabriel di fronte a me, continua a sorridermi.

Olivia mi dà un colpetto col piede sotto al tavolino. «Jasmine… non ti presenti?»

Loro non sanno chi sia Gabriel e cosa mi abbia fatto in realtà.

Gabriel o David? Qual è il suo vero nome?

Stringo la mano e una scarica di elettricità mi attraversa il corpo. Vorrei solo scappare. «Jasmine Davies.»

Il suono di un clacson mi fa sobbalzare, sembra assordante. Tutto al momento sembra soffocarmi.

«Stai bene?» mi domanda Olivia.

«Sì…», balbetto, ma sto perdendo la stabilità. Tutto riprende a girare.

«Ti prendo un bicchiere d'acqua», dice Brandon entrando nel locale.

Gabriel si avvicina e mi mette una mano sulla fronte. Vorrei scansarmi o indietreggiare, ma mi sento impedita. Non sono in grado di muovermi. «Non ha febbre. Forse è un calo. Perché non vai a prendere dello zucchero?» si rivolge a Olivia.

«Dici?»

Gabriel annuisce.

«Sto bene...», dico. Non voglio rimanere da sola con lui.

«Certo, finché non svieni», sorride.

Mi disgusta.

Olivia si alza. «Torno subito.»

Vorrei gridarle di non andare, di non lasciarmi da sola con questo mostro, ma è troppo tardi. La voce non esce e lei è già dentro al locale.

Gabriel ritrae la mano e mi fissa. Lo disprezzo, lo odio, lo vorrei vedere morto e credo che i miei occhi gli riferiscano tutto questo perché mi parla, o meglio, mi minaccia: «Non ti azzardare a dire una parola. Se parli, tu e Ashton siete finiti.»

Un colpo al cuore. Ashton. Non voglio gli succeda qualcosa.

Olivia e Brandon ritornano, mi porgono l'acqua e lo zucchero. Come se potessero aiutarmi, ma non sarà così. Il mio malessere non è dovuto a un calo, ma all'uomo che ho di fronte.

«Ti riprenderai a breve, cerca di rilassarti», mi dice Gabriel, ma sembra più un'intimazione.

«Hai mangiato?» mi chiede Olivia.

«Sì.»

«Deve essere stata la notizia della convivenza di Olivia e Brandon», aggiunge Gabriel. «Anche io ho avuto una reazione simile alla tua quando ho appreso la notizia. Non mi sono sentito male, ma ero scioccato», dice ironico.

Sta davvero scherzando con me?

«Così per te è destino», dice Olivia.

«Oh sì. Ogni cosa accade sempre per un motivo. Non lo pensi anche tu, Jasmine?»

Ingoio a vuoto. Lo scruto attentamente. È come se ogni parola, fosse riferita in maniera indiretta a me. «Certo», replico.

«Oh, ho saputo quello che è successo al tuo ragazzo... Andrew?»

«Ashton», corregge Brandon.

«Oh sì, Ashton. Mi incazzerei di brutto se qualcuno piombasse nel mio posto di lavoro e distruggesse tutto quello che ho creato.»

La rabbia mi divora, vorrei gridare al mondo intero la verità, ma soprattutto a Olivia e Brandon che non conoscono la perfidia del cugino, della persona pericolosa che è e di cosa è capace di fare.

«Si sistemerà tutto. I colpevoli verranno trovati e ne pagheranno le conseguenze», dico, con un po' troppa rabbia nelle parole.

Olivia e Brandon mi guardano perplessi, anche Gabriel, poi sorride. «Okay, cambiamo discorso. Ti stai riprendendo, non voglio farti arrabbiare proprio ora.»

Olivia sorride e anche Brandon.

Perché non si accorgono di quello che sta succedendo?

Il cameriere viene e ci chiede cosa vogliamo. Io rispondo niente, ma gli altri insistono.

«Forza, non puoi rimanere mica con acqua e zucchero», commenta Gabriel sorridendomi.

«Non voglio niente.»

«Un caffè per lei», ordina Gabriel al mio posto.

Vorrei prenderlo a schiaffi, distruggerlo con le mie stesse mani. Sputarlo in faccia e dire quanto mi fa schifo e quanto vorrei vederlo morto, sia lui che Jay.

Il cameriere ci porta l'ordine dopo dieci minuti e inizio a sorseggiare il mio caffè. È bello caldo, per un attimo penso di buttarlo in faccia a Gabriel e ustionargli la faccia, poi mi ricordo che Olivia e Brandon sono all'oscuro di chi è veramente.

«David...», richiamo la sua attenzione. «Così sei in città da poco?»

«Da qualche settimana», dice.

«Mmmhhh... E hai amici qui?»

Esita. Mi scruta, vuole capire dove voglio andare a parare. E per un attimo sembra addirittura scioccato dal fatto che lo stia affrontando.

Sì, mi fai paura Gabriel, ma non la passerai liscia, né tu né Jay.

Ma non posso esagerare, o Ashton pagherà le conseguenze delle mie scelte e non voglio accada.

«Qualcuno. Non credo che tu li conosca, sei di Lipsia, giusto?»

Olivia aggrotta la fronte. «Come fai a saperlo?»

«Già. Ho l'accento che mi tradisce?» aggiungo.

Gabriel si trova in difficoltà, poi guarda Brandon. «Me lo avrai detto tu.»

«Forse, non ricordo», dice Brandon confuso.

«Non importa. E no, non è il tuo accento», mi sorride.

Stringo le labbra in una linea dritta. La rabbia mi monta, non posso più sopportare tutto questo.

Scatto in piedi, con troppa energia.

«Jasmine...», dice Olivia.

Gabriel mi guarda come se mi volesse ricordare l'avvertimento che mi ha fatto prima.

«Devo andare.»

«Te ne vai di già?» mi chiede Olivia, sembra preoccupata.

«Sì, vorrei risolvere quello che è successo con... Insomma, mi capisci, vero?»

Si alza in piedi e mi sorride, accogliendomi in un abbraccio. «Certo. Sta' tranquilla, si sistemerà tutto.» Mentre abbraccio la mia amica, guardo Gabriel che continua a parlare con Brandon in modo molto tranquillo. Non può farla franca.

Saluto Brandon e poi Gabriel si alza. Mi tende la mano e io sono costretta a stringergliela. «È stato un piacere Jasmine. Spero di rivederti presto.»

«Sì, vale lo stesso per me», accenno un sorriso tirato. La sua stretta è decisa, ma non fa male. Olivia e Brandon se ne accorgerebbero.

Mi allontano, il cuore batte all'impazzata, salgo in auto e metto in moto. Gabriel mi guarda mentre mi allontano e il suo sguardo incontra il mio dallo specchietto retrovisore

Capitolo 24

Una macchina suona alle mie spalle facendomi sobbalzare.

«È verde!» grida l'uomo.

Alzo lo sguardo sul semaforo. Merda.

Riparto e mi dirigo a casa.

Sono sconvolta, non posso credere a quello che è successo. Gabriel era lì.

Parcheggio l'auto davanti il mio appartamento. Per un attimo sono tentata di entrare, finché non mi volto e vedo Ashton davanti casa sua. Apre la porta ed esita a entrare.

«Vuoi andartene?» mi domanda.

Ingoio a vuoto. Mi sta parlando. «No, pensavo solo che non metto piede nel mio appartamento da un po'.»

«Ne senti la mancanza?»

«No.» Avanzo verso di lui. «Mi piace stare con te.»

Mi guarda. Sospira ed entra in casa, lo seguo e chiudo la porta alle mie spalle.

«Com'è andato il lavoro?» gli chiedo.

«Bene.»

«Sarei potuta rimanere e darti una mano.» Avrei preferito.

«Non ce n'era il bisogno.»

Le sue risposte sono corte e incisive. È chiaro che non mi ha ancora perdonata. Non lo biasimo.

Ripenso a quello che ha detto Olivia... anche lei mi avrebbe mandata via.

Ricevo un messaggio da parte sua:

"Come stai? Sono in pensiero per te."

Sospiro. Non posso raccontargli il motivo del mio malessere, rischierei di mettere in pericolo Ashton.

Le rispondo:

"Sto bene. Sono con Ashton."

"È ancora arrabbiato?"

"Deluso, direi. Mi parla poco."

"Ma ti parla :-)"

Sorrido.

Ha ragione.

Dovrei comunque apprezzare il fatto che Ashton mi accetti ancora in casa sua e che mi rivolga la parola, anche se le nostre conversazioni durano poco più di dieci secondi.

Ashton si accomoda sul divano, sta leggendo dei documenti, mi accomodo accanto a lui. Si irrigidisce, me ne accorgo.

«Continui a lavorare?» gli chiedo.

«No, sto leggendo un fax.»

«Capisco.» Mi strofino le mani sulle ginocchia. «Possiamo parlare?»

Resta in silenzio, ma mi ha sentita. È immobile, sta pensando ed esitando. Lo guardo mentre appoggia il foglio sul tavolino, sospira e mi guarda.

209

«Dimmi.»

«Io...», inizio a dire, ma mi mancano le parole. I suoi occhi mi studiano, sono indecifrabili. Mi guarda, non mi mostra alcuna emozione. Scrollo le spalle e mi lascio andare. Devo buttare giù tutto quello che penso, se voglio che si fidi di nuovo di me devo essere sincera con lui, raccontargli quello che provo, quanto mi dispiace e quanto lo amo.

Sì, lo amo.

«Mi dispiace. Vorrei tanto tornare indietro e non prendere più alcune decisioni. Vorrei non averti ferito in questo modo, vorrei che tu mi guardassi come hai sempre fatto. Quello sguardo che mi fa sentire a casa, quello sguardo che mi ha fatto innamorare di te.»

Ashton deglutisce e distoglie lo sguardo, lo abbassa.

Gli prendo le mani. «Credimi Ash. Ho sbagliato, lo so, ma ho fatto quelle scelte solo quando tra me e te non c'era ancora nulla di concreto. Appena ho capito il sentimento che ci lega ho mollato Jay, ho stroncato la nostra strana e assurda relazione, se così si può definire. Ma non c'era niente. Anzi non l'ho mai amato, era solo sesso.»

«Ma lui ti ama...», parla.

«Sì, mi ama. Ma io no... Io amo te, Ash», le lacrime invadono i miei occhi. «E la paura di perderti mi sta divorando. Ogni volta che non incroci il mio sguardo, che mi eviti, ogni volta che ti rivolgo la parola e a malapena mi rispondi, è come se ricevessi una coltellata dritta nel petto.»

«Io ne ho ricevute più di cento», replica.

Mi trema il labbro. Singhiozzo. «Lo so. Non avrei mai voluto ferirti, non avrei mai voluto essere colei che ti avrebbe trafitto il petto con le lame. Voglio essere la donna che ti fa battere il cuore, io so che è così Ash, lo so. Altrimenti non saresti qui.»

Scuote la testa. «Mi sono sentito preso in giro, Jasmine.»

«Lo so.»

«Io ti ho accolta fin dal primo giorno.»

«Lo so.»

«Ti ho fatto entrare dentro casa mia, ti ho aiutata dandoti un lavoro, volevi dare una svolta alla tua vita e io ero lì, per te.»

«Lo so.»

«Sei andata a letto con Jay quando mi avevi detto che eravate solo amici!» alza la voce.

«Lo so, Ash, lo so!» grido e scoppio a piangere. Sono disperata. «So tutto quello che ho fatto, ma so che ti amo e non posso permettere ai miei errori di rovinare quello che c'è tra di noi. Non lo permetterò.»

Il cuore mi batte così forte che credo possa sentirlo anche lui. Vorrei abbracciarlo, baciarlo e fargli capire quanto tengo a lui. Che è tutto per me e che non ho intenzione di perderlo.

Ma non posso, mi rifiuterebbe, lo so.

Al momento non vuole essere abbracciato né toccato e il modo in cui si allontana da me, me lo fa capire.

«Mi sento a pezzi», dico a voce bassa. Mi guardo le mani, stanno tremando.

Ashton appoggia i gomiti sulle ginocchia, si copre il viso per poi passarsi le mani tra i capelli, tenendo la testa chinata.

«Anche io», dice.

Ingoio a vuoto. Non mi guarda, non dice nient'altro. Così mi alzo e vado in bagno.

Chiudo la porta alle mie spalle, scivolo lentamente a terra mentre il dolore mi divora.

Tutto quello che è successo, tutto… è troppo.

Ripenso a Jay, alle volte in cui abbiamo fatto sesso e a quello che è successo dopo.

La sagoma.

Il biglietto.

Lo studio di Ashton distrutto.

L'incontro al parco.

Lui e Gabriel al *London Bridge*.

Le loro mani addosso a me.

Volevano farmi del male.

Gabriel, che in realtà è David, al caffè con Olivia e Brandon.

Queste persone sono nella mia vita e vogliono la mia rovina.

E come se non bastasse, Ashton è il loro secondo bersaglio e solo per colpa mia.

«*Ti amo e ti odio*», mi aveva detto Jay. Ed è davvero così, ma il suo non è amore. È ossessione, crede che io sia di suo possesso e pensa di amarmi, ma mi odia perché non mi può avere.

Mi sento una stupida. Mi sono scavata la fossa da sola. Mi sono autodistrutta, mi chiedo se nella mia vita passata abbia mai fatto una cosa del genere.

Non posso affrontare tutto questo da sola.

Mando un messaggio a Olivia:

"Ho bisogno di parlarti."

Invio.

Il cuore inizia a rilassarsi, comincio a sentirmi più leggera.

Olivia deve sapere chi è davvero David.

Passano due ore.

212

Ashton è chiuso nel suo studio, sta controllando delle email, io sono seduta sul divano con il telefono in mano, in attesa che Olivia risponda.

Sono passate due ore da quando le ho scritto quel messaggio. Lo ha letto? Perché non si fa sentire? All'improvviso qualcuno suona alla porta. Mi avvicino, guardo dallo spioncino, è Olivia. Apro e lei entra senza esitare.

«Perché non mi hai risposto al messaggio?» le chiedo.

Aggrotta la fronte. «Quale messaggio?»

«Ti ho scritto due ore fa.»

«Scusa, telefono scarico», dice.

«E allora perché sei qui?»

«Ero preoccupata per te, così sono passata. Spero di non disturbare», guarda la porta della stanza di Ashton.

«È nello studio», spiego.

Annuisce. «Avete risolto?»

Sospiro e chiudo la porta. «No.»

Ci accomodiamo sul divano. «Cosa mi hai scritto nel messaggio?»

«Ho bisogno di parlarti.»

«È successo qualcosa?» mi chiede preoccupata.

La guardo. So già che quello che le dirò la ferirà e penserà subito a Brandon. Non riesco a parlare. Se Brandon non le crederà il loro rapporto potrebbe rovinarsi?

Stanno andando a vivere insieme, non posso crederci che sarò presto io il motivo della loro infelicità.

Non deve essere facile credere a una persona, averne fiducia e poi scoprire che non è quello che pensavi, soprattutto se è un familiare.

Sono rimasta delusa da Jay, non oso immaginare come ci rimarranno Olivia e Brandon quando sapranno di Gabriel, cioè David.

«David…» accenno.

«Simpatico vero?» sorride.

«Non è chi dice di essere», confesso.

Olivia è attonita. Corruga la fronte, ripete le mie parole.

«Cosa vuoi dire?»

«Hai notato il modo in cui mi guardava? La mia reazione appena è apparso lui?» chiedo e lei annuisce.

«Non ho avuto un calo, era lui il problema.»

«Perché? Non capisco», sembra scioccata.

«È una persona cattiva, vuole fare del male a me e ad Ashton.»

«Perché dovrebbe? È il cugino di Brandon.»

«No, non è così», dico, sono nel pallone.

«Sì che lo è. Jasmine, che ti prende? Sii chiara!»

«È il cugino di Brandon, si chiama David, ma io l'ho conosciuto come Gabriel!» butto fuori.

Olivia scatta all'indietro come se avesse ricevuto un colpo. Resta basita, il colore del suo viso cambia insieme alla sua espressione. Cerca di collegare i pezzi, piano piano sembra arrivarci.

«Non è possibile. Stai mentendo», dice.

Sgrano gli occhi. «No, perché dovrei?» Le afferro la mano.

«È quel Gabriel?» le trema il labbro.

Annuisco. «Sì, è lui. Non accuserei mai una persona innocente.»

«Ashton lo sa?»

«No, non deve saperlo.»

«Perché?»

«Quando tu e Brandon siete entrati nel locale per prendere l'acqua e lo zucchero, David mi ha minacciata.»

Olivia è afflitta, immagino che non saprà come dirlo a Brandon. «Jasmine, quell'uomo ha visto la nostra futura casa. Stiamo con lui quasi ogni giorno.»

«Tranne il giorno in cui lui e Jay mi hanno quasi violentata», dico di getto e poi mi copro la bocca.

Olivia sgrana gli occhi. È sconvolta. «Che cosa?»

«Ho sbagliato... Non volevo dire...»

«Ti hanno quasi violentata?» dice, scatta in piedi.

«Ti prego abbassa la voce», la imploro.

«Jasmine, non puoi dargliela vinta!»

«Se dico tutto alla polizia se la prenderanno con Ashton», replico.

Olivia si passa le mani tra i capelli, è scioccata. La capisco.

«È una storia assurda», dice. «Tu... Ashton... Brandon...», sussulta.

Mi alzo e appoggio le mani sulle sue spalle. «Olivia ti prego, non dire niente a nessuno di quello che stava per succedere al *London Bridge*, non ho nemmeno le prove. E faranno del male ad Ashton, non voglio che gli succeda qualcosa.»

«Come fai a non fargliela pagare? Come fai ad accettare tutto questo?»

«Non lo accetto, mi guardo allo specchio e mi odio perché se sono arrivata fin qui è solo per colpa mia, non avrei mai dovuto fidarmi di uno sconosciuto», dico amareggiata.

«Sono loro a fare schifo.»

«La pagheranno, ma adesso non deve sapere niente nessuno. Ashton è diventato un bersaglio, lo siamo entrambi adesso.»

«David è il cugino di Brandon.»

«Lo so, per questo volevo parlartene.»

«Come farò a dirgli tutto questo?» una lacrima le riga il viso. «È affezionato a lui. Gli vuole bene.»

Scuoto la testa e la abbraccio, non sapendo cos'altro dire.

«Tutto bene?» all'improvviso sentiamo. Sussulto, mi volto e incontro Ashton. «Olivia... Cosa succede?»

Si asciuga le lacrime. «Niente. Io e Brandon andiamo a vivere insieme, non so se Jasmine te l'ha detto.»

«No», mi guarda un attimo poi riporta l'attenzione su Olivia. «Sono felice per voi. È una bella notizia.»

«Sì», sorride Olivia. «Sono lacrime di commozione, tranquillo.»

Ashton sorride. «Ti posso offrire qualcosa?»

«No, stavo per andarmene», dice e mi guarda. Mi abbraccia e mi sussurra nell'orecchio: «Ti prego, sta' attenta.»

Annuisco e la stringo forte.

«Ti accompagno fuori», le dico. Così usciamo e lei sale in macchina per andarsene.

Guardo verso la porta di casa mia, c'è un biglietto sul marciapiede. Mi avvicino per prenderlo:

"La verità è più vicina di quanto sembri. Avrai ciò che meriti."

Un colpo al cuore.

Stessa calligrafia del vecchio biglietto. Sarà stato David/Gabriel?

O Jay?

Sento muovere i cespugli, mi avvicino ma non c'è nessuno.

Mi volto e mi imbatto all'improvviso in Jay.

«Bo!» mi fa.

Sto per lanciare un urlo, ma lui fa in tempo a tapparmi la bocca con la mano.

«Non ti azzardare a fare il minimo rumore o entro dentro casa e ammazzo il tuo amico. Ci siamo intesi?»

Annuisco. Mi fa male.

«Aspettavo che Olivia se ne andasse, chissà cosa le avrai detto per farla uscire di casa con gli occhi rossi e l'espressione turbata.»

Scuoto la testa, non riesco a parlare, la sua mano è ancora sulla mia bocca.

«Come? Non riesco a capire ciò che dici.» Stringe più forte, le lacrime mi rigano la guancia. Non riesco nemmeno a respirare, o forse è una mia impressione.

«Vuoi conoscere la verità Jasmine? Lo vuoi?» ringhia. «Tu, hai distrutto tutto.»

«Jasmine!» la voce di Ashton proviene da dentro casa. Mi sta cercando.

Jay sorride sardonico.

Sgrano gli occhi, implorandolo di lasciare in pace Ashton, di non andare da lui, di non fargli del male.

«Il tuo caro dottore ti sta cercando, che carino. Chissà cosa penserebbe se ci vedesse insieme. Glielo hai detto che fino a qualche settimana fa ti facevi scopare da me?»

Provo a liberarmi dalla sua presa, ma non ci riesco e non voglio fare nemmeno troppo rumore, non voglio che Ashton esca e veda quello che sta succedendo.

«Sai Jasmine, sarebbe così facile per me farti del male e far sparire per sempre il tuo caro fidanzato, perché adesso è ciò che siete, vero? State insieme, dormite nello stesso letto, vivete nella stessa casa.» Mi fissa e il suo sguardo è furioso e inquietante.

«Jasmine!» di nuovo Ashton.

«Ti conviene stare zitta», mi intima Jay e scappa via.

Riprendo a respirare, mi guardo le mani e il biglietto è sparito, l'ha portato con sé.

Vorrei gridare e piangere, ma non lo faccio perché quando alzo lo sguardo incontro quello di Ashton, è preoccupato.

Si avvicina. «Cosa è successo?»

Ingoio a vuoto e accenno un sorriso. «Niente. Avevo sentito un rumore, era solo un gatto.»

Mi fissa. Non sembra credermi del tutto.

«Sei sconvolta», dice.

Scuoto la testa. «Sono solo stanca. Entriamo in casa?» mi si spezza la voce. Il mio corpo mi tradisce, sta cadendo a pezzi lentamente e lo dimostra.

Ashton mi accarezza una guancia e basta questo gesto a farmi cedere tra le sue braccia. Affondo il viso nel suo collo, sento il suo profumo e lo stringo a me.

«Abbracciami, ti prego», il mio è un grido di aiuto disperato.

Ashton sembra capirlo, perché per un attimo accantona quello che è successo tra di noi e asseconda la mia richiesta.

Capitolo 25

È notte fonda. Ashton dorme accanto a me. Siamo abbracciati. Il suo mento sulla mia testa.

Non riesco a pensare ad altro che alla sua sicurezza, Jay era qua fuori, sa dove abito e dove vive Ashton, se vorrà fargli del male potrà farlo in qualsiasi momento.

Ho paura per lui, per me e per quello che accadrà.

Non riesco a dormire, così mi alzo e vado in cucina a bere un bicchiere d'acqua. Guardo oltre la finestra sopra il lavandino. Jay potrebbe essere lì fuori a osservarmi, potrebbe seguirmi e stare attento a ogni mia mossa. Potrei sempre chiamare la polizia, ma non ho le prove per accusare Jay e Gabriel, anzi David.

Fisso il buio e mi torna in mente la volta in cui eravamo a casa sua, avevo avuto una giornata *no*, io e Ashton avevamo discusso per colpa del lavoro e Jay aveva perso un cliente, entrambi avevamo bisogno di evadere. Eravamo in camera da letto, era su di me, mi teneva i polsi mentre mi scopava. Ricordo ancora i suoi occhi, allora credevo fossero pieni di desiderio, adesso penso che erano pieni di crudeltà.

Al solo pensiero mi sento male.

Dice che presto saprò la verità. Ma quale?

Il mattino seguente io e Ashton andiamo al lavoro, lui è più tranquillo rispetto a ieri, ma il nostro rapporto non è ancora tornato com'era prima. Mi ha chiesto come sto, ma non mi ha dato un bacio, né una carezza, nessun'altra attenzione.

Dopo lavoro torniamo a casa, decido di preparargli da mangiare, salsicce con purè di patate: il suo piatto preferito.

Il giorno dopo, la routine è sempre la stessa, andiamo al lavoro insieme e gli appuntamenti scorrono velocemente.

Il telefono squilla, rispondo, ma non parla nessuno. Guardo il display, la chiamata è in corso.

«Pronto?» ripeto.

Sento respirare profondamente. Mi si mozza il fiato. È Jay? Gabriel?

«Jay... Sei tu?» chiedo e la chiamata viene chiusa.

Appoggio il telefono sulla scrivania, alzo lo sguardo, una signora è seduta in fondo alla sala, tra poco tocca a lei.

Riprendo a respirare.

A fine giornata torniamo a casa. Guardo la porta del mio appartamento, ricordo quello che è successo l'altra sera... Jay era qui.

Guardo i cespugli, ho detto ad Ashton che c'era un gatto. Non era vero.

Gli ho detto la verità su tutto, eppure continuo a trovarmi costretta a mentirgli.

«Jasmine», mi volto. Ashton è sotto l'arco. «Entri?»

«Sì», lo seguo.

Olivia non mi ha fatto sapere nulla riguardo David. Non so se ha avvisato Brandon, spero di sì, deve sapere chi è suo cugino e cosa ha fatto.

«Eddie mi ha chiesto se vogliamo cenare con loro questa sera. Stanno andando in un locale vicino *Saint Luke's*. Ti va?» mi chiede Ashton.

«Sì, certo. A che ora?»

«Alle 09:00 PM dobbiamo essere lì.»

«Bene, sarò pronta per le otto», gli sorrido.

Alle nove raggiungiamo Eddie e Natalie, ordiniamo una grigliata di carne, Eddie e Ashton parlano moltissimo mentre io sono di poche parole.

Sono turbata e nervosa, continuo a guardare ogni persona che passa, ho la costante paura di incontrare Jay. Dopo l'altra sera, può essere ovunque.

Mi chiedo se in questo momento mi stia guardando.

Osservo Ashton, sta ridendo. Ed è bellissimo. Non posso fare a meno di notare il luccichio nei suoi occhi.

Cosa farei per riavere la sua fiducia. Olivia mi ha consigliato di dargli del tempo, oltre a stargli vicino, parlargli e fargli capire quanto sia importante per me, non posso fare altro.

Così, è quello che sto facendo: dargli tempo.

«Tutto bene?» mi chiede Natalie.

Sto rigirando la carne con la forchetta, è da giorni che ho lo stomaco chiuso, ma devo mangiare.

«Sì, tutto bene. Ho solo mal di pancia», mento.

Annuisce. «Cose da donne?» mi chiede.

Le sorrido. «Forse.»

«Come va il lavoro? Ci sono ancora problemi allo studio?» mi domanda.

«No, fortunatamente è tutto sistemato, ma gli agenti continuano a indagare per capire chi possa essere stato.»

Io un nome lo avrei, anche due, peccato che non abbia prove concrete per incolparli.

Natalie annuisce, allunga un braccio per prendere l'acqua e noto che indossa un braccialetto davvero carino. Ma rabbrividisco quando osservo uno dei ciondoli, è un piccolo pianoforte. Mi torna in mente quanto è successo al *London Bridge*, le mani di Gabriel e di Jay su di me, la melodia, le sedie, i fiori, lo schiaffo…

Ashton appoggia la mano sulla mia coscia e sussulto. Mi volto di scatto, lui aggrotta la fronte. «Jasmine... Tutto okay?»

Mi rilasso. È Ashton. C'è lui accanto a me. Né Jay né Gabriel.

«Sì, sì», annuisco.

«Sicuro?»

«Sì, mi chiedevo se avessi spento la luce del bagno», mento.

Un'altra menzogna.

Sorride. «L'ho spenta io.»

Mi strappa un sorriso e riprendo a mangiare.

«Come va con il libro?» chiedo a Eddie.

«Oh, molto bene Jasmine, grazie!» Sembra contento e fiero, anche Natalie lo è, lo noto da come guarda il suo futuro marito.

«Tra due giorni ha un altro incontro, in una libreria a Cambridge», spiega lei.

«Davvero?» Chiedo e loro annuiscono. «Che bello!» aggiungo.

«Abbiamo un amico famoso», commenta Ashton, strappando un sorriso a tutti noi.

A fine cena, il cameriere ci porta il dessert.

«Non lo abbiamo ordinato», sta per dire Eddie, ma il cameriere ci dice che lo offre l'uomo seduto a qualche tavolo vicino a noi. Lo indica e all'improvviso inizia a girarmi la testa.

È Gabriel, cioè David.

Ashton non lo ha mai visto, credo, perché non dice nulla a riguardo, si limita a sorridere al tipo come per ringraziarlo.

«Dice che è un amico di Jasmine», aggiunge il cameriere.

Ingoio a vuoto.

«Davvero?» domanda Ashton.

«È il cugino di Brandon», spiego. Non posso dire altro, lui è lì, mi fissa, mi controlla.

Lo avrà mandato Jay?

Usa il suo amico per fare il gioco sporco?

«Oh, dopo andiamo a ringraziarlo», aggiunge.

«Sì, perché no!» aggiunge Natalie.

Ma per fortuna Gabriel si alza, paga il conto e se ne va.

Sono sollevata, non volevo avvicinarmi a lui, avrebbe stabilito un contatto con Ashton e a sua insaputa, si sarebbe avvicinato al pericolo più di quanto non lo sia già.

Guardo il dolce. Non voglio mangiarlo. Mi viene da rimettere.

Afferro l'acqua, la verso nel bicchiere e bevo.

Jay e Gabriel stanno cercando di avvicinarsi ad Ashton, e piano piano ci stanno riuscendo.

«È andato via», dice Ashton.

Mi alzo in piedi. «Vado in bagno.»

«Vuoi che ti accompagni?» mi chiede, ha notato che non ho mangiato il dolce.

«No, sto bene. Trovo la strada da sola», dico. Prendo la borsetta e mi allontano.

Entro nel bagno, mi appoggio al lavello e mi guardo allo specchio.

La rabbia e la paura mi divorano. Sento un bruciore allo stomaco che non se ne va. Stringo il bordo del lavello, è freddo e di marmo. Apro l'acqua e mi sciacquo la faccia, l'acqua è calda, il mio corpo sembra insensibile a questa fonte di calore.

Come faceva Gabriel a sapere dove fossimo?

Ci ha seguiti?

Ovunque andremo troverò lui o Jay in un angolo pronti a distruggermi?

Così prendo il telefono e chiamo Jay con l'anonimo. Ricordo a memoria il suo numero.

Risponde dopo due squilli.

«Pronto?»

La sua voce mi fa trasalire. Devo farmi coraggio e mantenere la calma. «Io non dirò niente di voi, ma voi dovete stare lontani da Ashton. Mi hai capito Jay? Lasciatelo in pace!» intimo.

Non risponde, ma sento il respiro. Mi ricorda la chiamata di questa mattina, era lui al telefono? «Mi hai capita? Lasciate stare Ashton», ripeto.

Silenzio.

«Perché è venuto Gabriel qui? Come faceva a sapere dove fossimo? Perché ci ha offerto quel dolce? È per intimarmi di non parlare?» chiedo, ma da Jay non ricevo nessuna risposta. Così mi ricordo quella volta che mi chiese di incontrarci al parco, quando mi diede un ultimatum, non rispettato oltretutto. «Lasciate in pace Ashton e io non parlerò», lo minaccio.

Il suo respiro cambia. Diventa irregolare, sembra nervoso. «Non sei nella posizione di minacciarci», ringhia.

Sentire la sua voce è un pugno nello stomaco.

«Invece sì. Sono nella posizione di minacciarvi dopo quello che mi avete fatto ne ho tutto il diritto», replico. È la rabbia a parlare. «Sono stanca di guardarmi alle spalle quando esco, sono stanca di tutto. Cosa vuoi da me, da Ashton? Cosa cazzo vuoi Jay?»

Di nuovo silenzio.

«Dimmelo e ti darò quello che desideri. Basta che ci lasci in pace. Vuoi dei soldi? Troverò il modo per farteli avere.»

«Quello che voglio non me lo puoi più ridare», conclude e attacca il telefono.

Guardo il display. Ripeto le sue parole nella mia mente. Cosa vuol dire?

Ricompongo il numero e lo richiamo con l'anonimo, ma il suo telefono risulta spento.

Quando rientriamo in casa, Ashton continua a fissarmi. Mi tolgo il cappotto e lo appoggio sul divano.

Sospiro.

«Cosa succede? Questo è, forse, il decimo sospiro che fai dal ristorante a qui», dice Ashton.

«Niente.»

«Jasmine...»

«Ho detto niente», dico più dura, sedendomi sul divano.

«No, non è un cazzo niente! Non mi prendere per il culo», sbotta all'improvviso. Resto allibita, non aveva mai avuto una reazione simile. «Tu stai con me, sono mesi che ci frequentiamo, abbiamo preso un impegno e credo che la nostra sia ormai una relazione. Dormi qui, mangi qui...»

«Lo so.»

«Lo faccio soprattutto per proteggerti», precisa. «Per tenerti al sicuro. E tu continui a raccontarmi cazzate. Non basta quello che mi hai nascosto fino a ora, cosa continui a nascondermi? Noto quando c'è qualcosa che non va, mi hai preso per un idiota forse, ma non lo sono.»

Ingoio a vuoto. «Non penso tu sia un idiota.»

«E allora dimmi cosa cazzo succede Jasmine. Perché non va tutto bene se non fai altro che sospirare», dice esasperato gettando il cappotto sul divano.

Abbasso la testa e mi lascio cadere sulla poltrona.

Se gli racconto tutto quanto, rischio di metterlo nei guai, ma se continuo a mentirgli il nostro rapporto non potrà andare avanti.

Devo proteggerlo, come lui sta facendo con me.

Non posso permettere a Jay e a Gabriel di avvicinarsi ad Ashton, lo hanno già fatto troppo.

«Non posso dirtelo», dico.

Ashton rimane allibito. Storce le labbra. Mi guarda ferito. «Davvero?» Resto in silenzio. Apre la bocca e subito dopo la richiude, appoggia le mani sui fianchi. Accenna un sorriso incredulo. «È incredibile.»

«Non posso», ripeto.

«Allora spiegami il motivo perché non puoi parlarne.»

«È più complicato di quanto sembri», dico e lui abbandona le braccia e sembra volersi allontanare da me, così mi alzo e mi piazzo davanti a lui. Gli prendo le mani, lo fisso. «Devi avere fiducia in me», aggiungo.

Il suo viso sembra rilassarsi, ma continua a essere confuso.

Abbasso un attimo la testa, poi la rialzo. «Non mi piace mentirti Ashton, credo molto in noi e proprio per questo devi avere fiducia in me.»

«Come posso farlo, dopo che mi…»

«Lo so», lo interrompo. Mi mordo il labbro, mi viene da piangere. «Lo so. E credimi, te lo dico con il cuore in mano…» mi scappa un singhiozzo. Mi bruciano gli occhi e la gola. «Mi dispiace e mi odio per averti ferito, non posso dirti nulla proprio perché non voglio farti ancora del male.»

Aggrotta la fronte. «C'è un altro uomo?»

«No», rispondo subito. «Non intendo in quel senso.»

Sembra sempre più confuso. «Così non mi chiarisci le idee.»

«Lo so», ingoio a vuoto. «Ma…» Sospiro. Gli accarezzo la guancia. «Ho paura che la verità possa davvero farti del male Ashton e non parlo a livello emotivo», aggiungo.

Lui rimane in silenzio, mi scruta e sembra capire che c'è qualcosa sotto. «Di cosa stai parlando?»

Scuoto la testa. «Di niente», dico a bassa voce.

«Sei in pericolo?» si mette in allarme.

«No.»

«E allora cosa c'è che non va?»

Stringo i denti e mi scappa un singhiozzo. «Ashton, ti prego... Ti chiedo solamente di credermi, di avere fiducia in me.»

«Deve essere una cosa grossa e seria per avere questa reazione Jasmine, voglio saperla.»

Scuoto la testa. «Qui l'unica cosa seria e importante sei tu, e come tu mi stai tenendo al sicuro, io voglio proteggere te.»

Ashton prende la mano che ho sulla sua guancia, la scosta. Un gesto che colpisce dritto e forte il mio cuore, facendomi male. Mi tremano le labbra.

«Per proteggerci a vicenda bisogna sapere da cosa ci stiamo mettendo al sicuro, e tu mi tieni all'oscuro», replica. «Io ti sto proteggendo da Jay e Gabriel, da chi ti vuole fare del male e che non vuoi denunciare per paura, mancanza di prove.»

«Mi hanno lasciata in pace, non c'è bisogno di tornare sull'argomento», mento.

«Io ci torno invece, perché non era la prima volta che Jay provava a farti del male», ribatte.

Faccio un passo indietro, vorrei improvvisamente andarmene. Ogni cosa che faccio o che dico sembra inappropriata. Rischio di impazzire.

«Tu, invece, da cosa mi stai proteggendo? Da Jay? Oppure c'è qualcos'altro di cui non sono a conoscenza?»

Non è arrabbiato, ma è infastidito e serio.

«Come possiamo andare avanti se non ci diciamo le cose, se non ci fidiamo l'uno dell'altra?»

227

«Io mi fido di te», replico. Lui distoglie lo sguardo. «Tu ovviamente non puoi dire lo stesso, vero?» mi trema la voce.

«Come potrei se continui a mentirmi?» ribatte e si allontana.

«Ash...», mi volto, ma lui a passo svelto sparisce nella camera da letto chiudendo con forza la porta alle sue spalle.

Mi lascio cadere sul divano e mi copro il viso con le mani. Le lacrime mi rigano il viso, cerco di rimanere comunque calma, non voglio che Ashton mi senta piangere.

Cos'altro posso fare?

Dovrei dirgli tutto?

E dopo, cosa succederà?

Andrà dalla polizia a mia insaputa a denunciare tutti i fatti accaduti, Jay e Gabriel lo verrebbero a sapere e Ashton sarebbe spacciato, e anche io ovviamente.

Non voglio che accada tutto questo. Desidero solo che quei due bastardi ci lascino in pace, tranquilli di condurre la nostra vita insieme.

È notte fonda. Ashton dorme nel suo letto matrimoniale, mentre io ho preferito rimanere sul divano. Lui l'ha notato e non ha detto niente, ma ha comunque lasciato la porta aperta.

Ha sussurrato: «Non si sa mai.»

Quando si è voltato, ho sorriso. In realtà è un modo per tenermi sotto controllo, al sicuro.

Il mio telefono non smette di vibrare, guardo il display. Chiamata in arrivo da un numero sconosciuto. Ho paura a rispondere, credo sia Jay o Gabriel, uno dei due.

Questa è la terza chiamata.

Prendo il telefono e vado in bagno. Mentre rispondo spingo lo scarico per far coprire la mia voce dal rumore dell'acqua, apro anche il rubinetto del lavandino e mi siedo sul bordo della vasca. Copro la bocca, per attenuare la mia voce. Non voglio che Ashton senta.

«Pronto?», rispondo.

So già chi parlerà tra qualche secondo.

«Dobbiamo vederci», è Jay. Immaginavo. «Domani.»

«No.»

«Jasmine, non è un invito.»

La sua voce è dura e intimidatoria, mi sta nuovamente minacciando e io mi ritrovo di nuovo in un vicolo cieco dove non c'è alcuna via d'uscita.

«Ci vediamo vicino al *Liman*», aggiunge.

Il luogo dove è iniziato tutto. Non ho alcuna voglia di ritornarci.

«E se non volessi venire?» ribatto.

«Verrai, che ti piaccia o no.»

Provo rabbia, odio e dolore. Non voglio incontrare Jay, anche perché dovrei mentire ad Ashton e non voglio peggiorare la situazione più di quanto non sia già complicata.

Non voglio rivedere Jay dopo quello che è successo.

Certe volte vorrei aprire gli occhi e scoprire che tutto questo è un sogno. Ma la vita non è così, non è un sogno, tutt'altro. È una continua battaglia, anche se la mia sembra infinita.

«Perché dobbiamo vederci?» chiedo.

Silenzio. Attendo che aggiunga qualcosa, è ancora in linea. «Lo scoprirai.»

«Vuoi che venga? Dimmi il perché», impongo.

«Non vuoi che tutto questo finisca?» ribatte e interrompe la chiamata senza darmi il tempo di replicare.

Guardo il display, è una trappola o finalmente finirà davvero tutto?

Chiudo gli occhi. Il mio respiro è irregolare, vorrei farlo calmare ma è difficile.

Una lacrima mi riga la guancia, la scaccio subito, mi alzo e mi sciacquo la faccia.

Mi guardo allo specchio mentre mi asciugo.

Posso farcela, devo farcela.

Capitolo 26

Il sole è sorto già da qualche ora e Ashton si sta preparando per andare a un convegno.

Così lo studio rimarrà chiuso.

«Se hai bisogno di qualcosa…» inizia a dire prima di sparire dietro la porta.

«No, tranquillo. Sto bene», gli dico.

Annuisce, esita nel chiudere perché ci guardiamo e poi se ne va.

Oggi vedrò Jay, ancora mi deve dire quando.

Mi preparo del latte caldo, anche se non ho per niente fame. Ma devo mangiare.

Quando finisco di fare colazione, vado in bagno e mi faccio una doccia. Spero che l'acqua lavi via la tensione e la paura, ma non accade. Sono tesa e non faccio altro che fissare il telefono da questa notte, in attesa che Jay mi dica quando vederci.

Ashton non sa niente, è ovvio. E odio questo.

Mentre mi vesto, opto per dei semplici jeans e una maglietta bianca, ricevo la chiamata da un numero sconosciuto. Eccolo, è lui.

Afferro il telefono.

«Pronto?»

«Tra un'ora al *Liman*» e riattacca.

Mi chiedo come abbia fatto a riavere il mio numero.

Ma non mi stupisco più di tanto, è Jay e trova sempre un modo per ottenere quello che vuole.

Deglutisco e tiro un profondo sospiro. Non sono pronta a tornare lì né a rivederlo, ma devo farlo se voglio che tutto ciò finisca.

Guido fino al *Liman*.

La giornata è soleggiata, ma a tratti le nuvole coprono i raggi del sole. Ho visto il meteo, non pioverà. Parcheggio poco più dietro l'entrata del locale. C'è poca gente. I passanti passeggiano tranquilli, non si accorgono di me. Sono tesa come una corda di violino e temo di potermi spezzare da un momento all'altro. Non so cosa fare, non c'è ombra di Jay.

Guardo il telefono, nessun messaggio né chiamata. Attendo un suo segnale mentre sono chiusa in macchina, qui mi sento al sicuro.

Penso ad Ashton, a quest'ora sarà al convegno. Non mi ha detto nemmeno dove si terrà il convegno, dopo ieri non abbiamo parlato molto.

Il telefono squilla. Sussulto e rispondo subito.

«Dove sei?» chiedo.

Lo sento sorridere. «Sei bellissima, come sempre.»

Un brivido mi attraversa la schiena. Provo orrore e disgusto, non apprezzo più i suoi complimenti, da troppo tempo ormai.

«Dimmi dove sei», dico.

«Guarda alla tua destra. C'è una stradina proprio di fronte al locale, la vedi?»

«Sì.»

«Entraci. Parcheggia la macchina e scendi.»

«Sei lì?»

«Parcheggia l'auto, Jasmine e scendi», ripete con più severità e riattacca.

Sospiro. È un parcheggio chiuso, se mi accadesse qualcosa non avrei molta via di scampo.

Faccio quello che dice, parcheggio dove mi ha indicato lui e scendo dall'auto.

Mi allontano di qualche passo dal veicolo, raggiungo il centro del parcheggio e mi guardo attorno.

«Jay…», la mia voce mi inganna, vacilla.

«Eccoti», appare da dietro un furgone, alle mie spalle.

Il mio cuore si ferma insieme al mio respiro.

Mi ritornano in mente tutti i momenti con lui, il sesso forte, la sagoma, il biglietto, tutte le volte in cui ha cercato di farmi del male.

Mi chiedo se quando abbiamo scopato in realtà non mi volesse ferire.

Mi accarezzo un braccio stringendomi nelle spalle. Involontariamente faccio un passo indietro.

«Te ne vai già?» mi chiede.

Guardo alle mie spalle, questa volta Gabriel non c'è, anche se potrebbe apparire da un momento all'altro, magari è dentro il furgone.

Qualora fosse il suo.

«Sono qui, come avevi chiesto», dico.

«Sì, noto che ubbidisci ancora. Ricordi quando quella volta a casa mia ti ho ordinato di metterti a quattro zampe e inizialmente non volevi?» Ingoio a vuoto. «Però poi ti è piaciuto quando ti ho presa e scopata con forza. Gridavi e ne volevi ancora, ancora e ancora», si avvicina avidamente.

Vorrei colpirlo e fargli del male.

«Ho cancellato quei giorni», dico.

Sorride. «Sì, beh, adesso c'è…», fa finta di non ricordarsi il nome mentre muove la mano per aria. «A… Ash… Ashton! Giusto? Sì, adesso c'è lui. Sarei curioso di scoprire se ti scopa come facevo io. Se è rude quanto me. A te piace il sesso selvaggio, quello animalesco», è proprio di fronte a me, mi scosta i capelli dietro la spalla.

Non voglio che mi tocchi, ma ho paura di dire o fare qualcosa di sbagliato che possa ritorcersi contro di me.

«Non sono affari che ti riguardano», ribatto. «Non mi conosci.»

Io e Ashton non abbiamo ancora fatto sesso. Lui ha una concezione diversa del rapporto sessuale.

Non fa sesso per gioco, per divertimento. Lo fa quando c'è l'amore, ed è una di quelle cose che mi ha fatto innamorare più di lui.

E quando finalmente ci siamo resi conto di quanto il nostro sentimento fosse diventato più forte, tutto ha iniziato ad andare a rotoli.

«Invece sì, ti conosco bene», sorride sardonico.

Ma non è vero. Lui non ha mai conosciuto la vera Jasmine Davies.

Non l'ha conosciuta.

Resto in silenzio.

«Come sta il caro dottore?» chiede portando le braccia dietro la schiena.

«Devi lasciarlo stare, Jay.»

«Oh, non temere. Lo farò presto, una volta ottenuto ciò che voglio», dice soddisfatto.

È chiaro che nemmeno io ho conosciuto il vero Jay Hughes, o forse non mi sono resa mai conto di chi davvero fosse. Forse la verità di com'era ce l'avevo davanti agli occhi, ma ero così concentrata su me stessa da non accorgermi di quello che stava succedendo.

«Allora dimmi cosa vuoi Jay. Basta giochetti», ribatto. Cerco di essere forte, anche se temo di poter crollare da un momento all'altro.

Mi fissa. Storce le labbra. «Ma io non sto giocando.»

Il modo in cui mi parla mi fa rabbrividire. Non credo di aver mai avuto così tanta paura di una persona come ora.

«La partita è finita quando tu hai scelto Ashton», aggiunge.

«Non ho scelto nessuno, sapevamo già cosa sarebbe successo.»

«Sì, sì», alza gli occhi al cielo. «Diciamo che per un lasso di tempo l'ho dimenticato.»

«Credevi che tra me e te ci sarebbe stato qualcosa di serio?» domando perplessa.

Resta in silenzio, ma all'improvviso scoppia a ridere. «Non nego che una volta o forse due l'ho pensato, però il mio obiettivo non è mai cambiato.»

Corrugo la fronte. «Obiettivo?»

Annuisce. «Il mio obiettivo eri tu Jasmine. Lo sei sempre stata.»

Lo sei sempre stata.

Ed ecco che mi torna in mente la chat, i dubbi che avevo su di lui.

Sto per indietreggiare quando lui mi afferra per un braccio. Mi fa male.

«Lasciami Jay o giuro che mi metto a urlare così forte da farmi sentire da qualcuno», lo minaccio.

Lui ride. Una risata cattiva. «Stai cercando di intimorirmi?» Scuote la testa. «Devo riconoscere però che sei coraggiosa. Un'altra donna al posto tuo se la starebbe già facendo sotto, invece tu continui a sfidarmi.» Mi tira a sé, il suo viso è molto vicino al mio. «È anche questo mi piace di te, oltre al tuo bel faccino», sussurra bramoso.

«Mi fai schifo», riesco a dire. E so che questo lo farà incazzare. Ma non mi importa, il pensiero che ho su di lui è venuto fuori con una forza incontrollabile.

Esita nel rispondere. Storce le labbra e mi guarda male. Vorrebbe ferirmi, glielo leggo negli occhi.

«Sai, potrei portarti con me, chiuderti in quel furgone, violentarti quando ne ho voglia e farti morire di fame», dice freddamente. Le sue parole mi paralizzano e raggelano. Come può dire tutto ciò senza provare alcuna emozione? Non riesco a parlare. Ho davvero paura che faccia ciò che ha detto.

«Ma mi diverte troppo vederti annaspare», enfatizza l'ultima parola con cattiveria. «Quindi ho deciso che questo incontro è stato... vano.»

«C-Cosa?» balbetto.

Sorride soddisfatto. «È iniziata una nuova partita dopo la scelta che hai fatto e mi aspetto di vincere.»

«Avevi detto che sarebbe tutto finito», ringhio, mentre cerco di liberarmi dalla sua presa, ma è così forte che non riesco a disfarmi di lui.

«Sì lo so, e credimi, era quello che doveva succedere. Ma ho cambiato idea», molla la presa. «La partita non è ancora finita.»

Indietreggia.

«Non voglio più fare parte di questo gioco», ribatto.

«Ah, no, no», muove l'indice. «Tutto finisce quando lo decido io.» Sto per aprire bocca, ma lui interviene. «E ricordati Jasmine, se parli, tu e il caro dottorino», passa la mano vicino al collo indicando la fine che faremo qualora parlassi. «Tutto chiaro, no?» Sorride, sale sul furgone e se ne va.

Salgo in auto, pronta a tornare a casa, ma Olivia mi chiama disperata. Mi racconta di aver detto tutto a Brandon e che lui non l'ha creduta. Hanno discusso per ore, lei ha addirittura specificato che non avrebbe avuto nessun motivo di incolpare David se non fosse qualcosa di serio. Ma Brandon ha continuato a diffidare della sua parola, hanno discusso così animatamente che lui l'ha mandata via.

«Ti ha lasciata?» chiedo sconvolta.

Lei piange, non riesce nemmeno a parlare.

«Dove sei?» le chiedo. Ho ancora il terrore di Jay addosso. Guardo più volte lo specchietto retrovisore per paura che mi segua, ma non c'è.

«Al Culpeper Park», singhiozza.

La immagino seduta su una panchina, con un fazzoletto tra le mani e il cuore spezzato.

«Non ti muovere. Sto venendo», riattacco e la raggiungo.

Quando arrivo al parco, la trovo proprio come avevo immaginato di vederla.

Mi siedo accanto a lei, la abbraccio e Olivia si lascia andare a un pianto isterico. Non l'ho mai vista così e mi fa male.

«Non ci posso credere, io non ci credo», singhiozza.

«Mi dispiace.»

«Non mi ha creduta», si ritrae. «Secondo lui, perché mai dovrei inventare qualcosa di simile su David?»

Le accarezzo i capelli. «Non lo so.»

«Jasmine, solo tu mi puoi aiutare, non posso perderlo», singhiozza.

«Come?»

«Devi dire tutto», dice.

Ricevo il colpo, resto inerme e senza parole. Sono sicura di essere improvvisamente sbiancata in volto.

«Olivia, non puoi chiedermi questo», replico.

«Jasmine, ti prego... Io lo amo, sogno di andare a vivere con lui, non posso perderlo.»

Ingoio a vuoto. «Lo so e credimi, voglio la tua felicità, odio vederti così.»

«Allora parla, di' tutto, fallo per me», mi guarda implorante.

Scuoto la testa affranta. «Olivia non posso, lo sai.»

«Sei mia amica», dice.

«Metterei in pericolo Ashton.»

«Perché? Perché te l'ha detto Jay e David, o Gabriel, come diamine si chiama!»

«Tu non li conosci, sono pericolosi, mi hanno minacciata e faranno del male ad Ashton se parlassi», cerco di spiegarle.

«E a me non pensi? A Brandon? Sono due criminali non possono rimanere impuniti solo perché hai paura di dire quello che stanno facendo», alza il tono della voce.

«Ti prego Olivia», dico. Una lacrima mi riga la guancia. Ho paura che qualcuno ci possa sentire.

Lei scatta in piedi. «Non puoi fargliela passare liscia.»

«Non accadrà», dico. Ma la mia voce esprime solo insicurezza.

«Non ti credo», aggiunge. «Per colpa tua, io e Brandon ci siamo lasciati.»

Le sue parole sono come uno schiaffo forte che mi colpisce dritta in faccia. «Che cosa?» Mi alzo. «Non puoi dare la colpa a me, sai benissimo cosa è successo e...»

«E tu lo permetti!» mi interrompe. È arrabbiata, improvvisamente non è più la ragazza dal cuore spezzato.

«Olivia...»

I suoi occhi sono carichi di rabbia e dolore. Vorrei mi capisse, ma in questo momento so che non potrebbe accadere. Non è in sé, non è lucida.

«Perché mi fai questo?» mi chiede. «Io sono corsa subito al *London Bridge* insieme ad Ashton quando abbiamo capito che eri in pericolo. Ti sono stata vicina e non ti ho lasciata sola, assicurandomi che tu stessi bene», parla delusa. «E adesso... Adesso che io ho bisogno di te, tu non ci sei.»

«Non è così.»

«Invece sì!» ribatte. Il suo respiro è irregolare, mi sento a pezzi. Sto riuscendo ad allontanare anche lei. Sto perdendo Ashton e ora anche Olivia.

Fa per voltarsi, ma io la blocco. «Olivia, tutto si sistemerà, te lo giuro. Troverò un modo», dico. Mi bruciano gli occhi e la gola.

Lei mi osserva, ha il mento alto, poi parla: «Non ti credo», mi colpisce nuovamente. Un secondo schiaffo. «Sai come andrà a finire? Che tu non parlerai perché non hai le palle per metterti in salvo, discuti tanto il fatto che Ashton sarebbe in pericolo se tu parlassi, ma non ti rendi conto che lo è già. È già nel loro mirino come te. Voi due continuerete a vivere in questa situazione, finché Ashton lo vorrà perché così facendo rischi di perderlo e tu lo sai. E io e Brandon non avremo la vita felice che volevamo per colpa tua. E Jay e David la faranno franca, felici di vivere la loro esistenza, ma soprattutto *liberi*. Mentre noi, tu... non lo sarai mai», conclude. Le sue parole sono fredde come il ghiaccio. Si volta e si allontana a passo svelto, come se volesse separarsi da me il più velocemente possibile.

Mi sento a pezzi e svuotata. Ero venuta a Londra per ricominciare, ero felice e invece mi ritrovo a vivere in un incubo.

Un tunnel nero da dove non riesco a uscire.

Capitolo 27

Una settimana dopo…
Olivia non si è più fatta sentire. Non risponde alle mie chiamate né ai miei messaggi.

Tra me e Ashton la situazione non è migliorata, il dialogo è quasi inesistente e io ho pensato di tornare nel mio appartamento, ma se lo avessi fatto avrebbe significato che mi arrendevo. E io non voglio arrendermi.

Oggi Ashton è stato chiamato dalla polizia, deve andare in centrale, dice che hanno trovato qualcosa riguardo a quello che era successo al suo studio.

«Ti hanno spiegato?» chiedo.

«Forse hanno un volto», dice mentre si infila la giacca.

«Vuoi che venga con te?»

«No, non dovrei metterci molto», dice e se ne va.

Dopo un'ora di attesa, Ashton mi chiama e mi conferma quello che aveva riferito il poliziotto al telefono.

«Chi è?»

«Stanno indagando. Ma sono riusciti a recuperare un'immagine.»

«Come?»

«La telecamera riprende involontariamente il volto del tizio, perché c'è la vetrina di un negozio che fa da riflesso», mi spiega e io lo ascolto attentamente. «Ha un cappello, non si vedono perfettamente i lineamenti, ma l'agente mi ha detto che riusciranno a scoprire l'identità.»

Sospiro. «È una buona notizia, vero?»

«Sì.»

Sembra avvilito. «Ashton...»

C'è una speranza.

Non so cosa dire. «Dove sei?»

«Sto tornando a casa. Tu?»

«Ti aspetto.»

Quando rientra noto che ha dei documenti, tra cui lo scanner dell'immagine del tizio. Ci accomodiamo sul divano.

«Posso?» domando e lui annuisce. Osservo attentamente l'immagine e il cuore si ferma. Lo riconosco. Ha il berretto, ma ricordo perfettamente la bocca, gli zigomi, tutti i particolari. «Io...» deglutisco, «io lo conosco.»

Ashton si china, perplesso. «Come?»

«Lui è Gabriel.»

Non so se essere contenta della cosa o terrorizzata.

«Gabriel?»

Guardo Ashton in faccia. «Ti ricordi quello che è successo al *London Bridge*?» chiedo.

Sgrana gli occhi. «Quel Gabriel?» Annuisco. Si passa una mano tra i capelli.

«È complice di Jay», aggiungo.

«Merda», impreca.

«Ash...» È arrivato il momento. «Ti devo parlare.»

Così mi faccio coraggio e gli racconto tutto, senza omettere alcun particolare, spiegando quello che Jay e Gabriel mi hanno fatto, fin dall'inizio, che non ho parlato perché mi hanno più volte minacciata, che la sua vita era in pericolo, che Gabriel in realtà si chiama David ed è il cugino di Brandon, Olivia lo ha avvisato, ma lui non le ha creduto e l'ha lasciata.

Gli racconto di quello che è accaduto la scorsa settimana al parcheggio vicino al *Liman*.

241

E una volta finito, mi sento finalmente vuota e libera. Il peso che avevo sullo stomaco mi abbandona, ma adesso sono preoccupata per Ashton e di quello che farà o vorrà fare.

«Dobbiamo dire tutto alla polizia», dice.

«Non ho nessuna prova.»

Ingoia a vuoto. «Il fatto che tu conosca David è una prova.»

Scuoto la testa. «No, perché lui può dire che ci siamo conosciuti all'appuntamento con Brandon e Olivia. Inoltre, Brandon crede che il cugino sia una brava persona, quindi non potrebbe mai credermi. Sarebbe la loro parola contro la nostra e noi non abbiamo nient'altro che ci possa aiutare. Servono i fatti Ash.»

«Possiamo provarci», insiste.

Scuoto la testa e gli prendo la mano. «No, non possiamo provare, perché tentare significherebbe rischiare e non è quello che deve succedere. Possiamo fare qualcosa quando avremo la sicurezza che dopo aver parlato Jay e Gabriel vengano arrestati. Non possiamo dire tutto mentre loro sono ancora in circolazione anche dopo che noi abbiamo aperto bocca. Se lo venissero a sapere...»

«Non ho paura di loro», ribatte.

«Ho paura per te Ash.»

Ci guardiamo, i suoi occhi sono intensi. Mi accarezza la guancia. Mi è mancata la sua dolcezza. Chiudo gli occhi lasciandomi andare alla sua carezza.

«Sono contento che tu mi abbia detto tutto», parla.

«E io sono contenta di risentirti di nuovo vicino a me», rispondo.

La sua mano passa dietro la mia nuca, il suo tocco è dolce e protettivo. Mi avvicino lentamente, appoggio la fronte contro la sua. Chiudiamo entrambi gli occhi, i nostri respiri si confondono. «Mi sei mancato da morire», confesso.

Lo sento respirare a fondo, così senza dire altro, mi bacia e finalmente mi sembra che ogni cosa stia tornando al suo posto.

Ogni tassello si sta rimettendo in ordine, ma manca ancora quello finale.

Il nostro bacio si fa più passionale, coinvolgente. Sento il cuore battere, le nostre bocche sorridono anche se ancora sofferenti per quello che abbiamo passato.

Mi distendo dolcemente sul divano, mentre lui si appoggia su di me.

Ashton non è come Jay, non è rude, né animalesco.

È passionale.

Dolce.

Sexy.

Mi sfiora e la mia pelle rabbrividisce sotto il suo tocco.

Ci cerchiamo e pretendiamo.

Un desiderio esplode. Mi sfila la maglietta e tutti gli indumenti, lo stesso faccio io con lui, finché non rimaniamo completamente nudi.

Non so se abbia un preservativo, ma non mi importa. Voglio fare l'amore con lui, voglio sentirlo mio e io sua.

Con la mano mi accarezza in mezzo alle gambe, gemo nella sua bocca mentre ci baciamo, poi dolcemente scende giù. Si ferma prima sui miei capezzoli, poi sul mio ombelico, fin quando non si insinua tra le mie gambe. Il suo respiro mi fa sussultare, chiudo gli occhi e mi lascio andare appena la sua bocca si appoggia sul mio sesso.

I movimenti che segue sono sublimi, perfetti. Sento la sua lingua che danza sul mio clitoride, facendomi ansimare.

Non ho mai provato una sensazione simile, nemmeno con Jay.

Adesso mi batte il cuore, sento come se fossi una nuvola libera nel cielo.

Mi sento realmente desiderata e amata. Non so se prima ho mai provato una sensazione simile, ma è bellissima.

Gemo, e Ashton ritorna su.

Le sue mani attorno al mio viso. Stringo le gambe attorno alla sua vita, spingendolo verso di me, sta per aprire bocca, ma lo bacio per fermarlo. So cosa sta per dire.

«Ti voglio Ash, voglio sentirti realmente», sussurro nella sua bocca e a un tratto sento il suo sesso che dolcemente mi riempie. Lo abbraccio e mi tengo stretta a lui mentre inizia a muoversi.

Mi piacerebbe vederci.

Due corpi uniti da un sentimento.

Due anime che fanno l'amore.

Mi perdo nei suoi occhi e lui nei miei. «Ti amo», gli dico.

Un luccichio gli attraversa le iridi scure. Mi bacia. «Ti amo anche io.»

Capitolo 28

Il giorno dopo…

La mattinata passa in fretta tra un appuntamento e un altro. Tra me e Ashton sembra tornato il sereno, ma ci sono ancora delle cose da risolvere. La polizia sta indagando e credo che a breve avremo il nome del tizio ripreso, anche se io so già chi è e adesso ne è al corrente anche Ashton.

Olivia continua a rifiutarmi, credo di aver perso un'amica e spero che tutto si chiarisca il prima possibile pur di rivederla felice, magari con Brandon. Prego che lui capisca quanto è pericoloso il cugino.

David non è chi dice di essere.

Io e Ashton andremo a pranzo insieme, oggi chiude prima lo studio. Sono contenta perché finalmente stiamo avendo un po' di tempo per noi, la verità non grava più sulle nostre spalle, posso parlare liberamente con lui.

Continuo però a stare allerta, Ashton adesso sa tutto e se Jay o Gabriel lo venissero a sapere… beh, non voglio nemmeno immaginare cosa potrebbe succedere.

Una signora entra e si avvicina alla mia scrivania. «Salve», mi saluta. Ha un viso dolcissimo.

«Prego signora, come posso aiutarla?» le domando.

Mi spiega che vuole spostare il suo appuntamento, così le chiedo i dati necessari e controllo l'agenda.

«Può venire giovedì alle 11:00 AM?» le chiedo.

Sorride. «Sì, è perfetto.»

Così segno l'appuntamento in agenda, prendo un post-it e lo consegno alla signora con la data e l'orario del giorno prefissato. «Ecco a lei», le dico.

Mi ringrazia e se ne va.

All'improvviso il mio telefono squilla. Numero sconosciuto. Ingoio a vuoto, dovrei avvisare Ashton, ma sta visitando.

Ignoro il telefono, ma continuo a ricevere chiamate.

Rispondo: «Pronto?»

«Jasmine», non è Jay.

«Chi è?»

«Non mi riconosci?» resto in silenzio. «Sono Gabriel», dice.

Il mio cuore manca un battito. Cosa vuole?

«Ti avevo avvertito di non parlare», mi dice.

«Non ho detto niente.»

«Non mentirmi», ribatte. «Se non hai parlato, mio cugino come fa a sapere di *Gabriel*?»

Merda, Brandon ha detto tutto a David.

«Non ne so niente.»

«Ho detto di non mentirmi», intima. «Tu e la tua amica, avete parlato troppo.»

Olivia.

Ho un brutto presentimento, il suo tono di voce non mi piace.

«Cosa vuoi?» gli chiedo.

Ho paura che possa accadere qualcosa a Olivia.

Cazzo, Brandon. Cosa fai?

Perché lo hai detto a tuo cugino? Non dovevi.

Ricordo le minacce ricevute da Jay e Gabriel. Merda, se accadesse qualcosa ad Ashton o a Olivia, non me lo perdonerei mai.

«C'è qualcuno che vuole parlarti», dice. Allontana il telefono e in sottofondo sento un lamento. «Oh tesoro, sta' calma», aggiunge Gabriel.

Ingoio a vuoto.

«Cosa vuoi dire alla tua amica?» continua.

Amica? Olivia è lì?

«Olivia!» esclamo.

«Mmmhhh…» sembra lamentarsi.

«Olivia sei tu?»

«Non può parlare», replica Gabriel. «Tesoro se non ti togli il bavaglio come può capirti?» si rivolge a lei. «Oh, giusto, non puoi con le mani legate», fa una risata malefica.

«Lasciala andare», ordino. Come se potessi davvero far paura.

«Mi spiace, non posso.»

Chiudo gli occhi e sospiro. Devo calmarmi, trovare una soluzione e liberare Olivia. Mi accerto che nessuno mi stia sentendo, mi alzo e vado in bagno.

«Cosa diamine vuoi allora?» chiedo. Farei di tutto per liberare la mia amica. «Dio Gabriel, se la sfiori con un dito, giuro che…»

«Giuri cosa?» riconosco la voce. Adesso è Jay a parlare.

«Jay.»

«Indovinato. Devo esserti rimasto davvero impresso per riconoscere la mia voce al primo colpo», lo sento sogghignare.

«Non toccatela.»

«Altrimenti?»

«Ti prego Jay, lei non c'entra niente.»

«Ma ha parlato», aggiunge, come se potesse giustificare le loro azioni.

«È colpa mia. Sono stata io a dirle tutto.»

247

Resta in silenzio. «Sì, hai ragione è colpa tua», rilasso le spalle per un momento. «Ma non vuol dire che la libereremo.»

«Cosa vuoi che faccia?»

«Voglio che vieni qui. Da sola.»

Ingoio a vuoto. «Dove?»

«Ti manderò la posizione. Non farti né vedere né seguire Jasmine, o la tua amica diventerà pappa per cani», e riattacca.

Non riesco a scacciare via la paura e l'immagine di Olivia legata a una sedia con un bavaglio in bocca. Spero che non le abbiano fatto niente e che non facciano altro.

Mi viene da piangere, ma non posso cedere, non adesso. Devo sbrigarmi e raggiungerla.

Non posso dire niente ad Ashton o mi seguirebbe, o peggio chiamerebbe la polizia. Nessuno deve sapere dove sto andando, nessuno deve sapere niente.

Così prendo la mia roba, entro in macchina e metto in moto.

Ho il cuore che batte all'impazzata, ho paura e sono furiosa. Vorrei distruggere la vita di Jay e Gabriel per sempre.

Ho la posizione.

Sono sulla strada, il posto indicato sembra una casa fuori dalla città, ma non dista nemmeno molto.

Il navigatore mi informa che mancano solo dieci minuti all'arrivo.

Sono nervosa, non so cosa accadrà. Penso ad Ashton e a Olivia. Non riesco a concentrarmi su nient'altro. Cosa vorrà Jay da me? E perché Gabriel continua ad aiutarlo?

All'improvviso prendo un fosso, la macchina sbanda e per un attimo perdo il controllo. Rivedo i fari del camion che mi vengono addosso. L'incidente. Whitney Houston che improvvisamente smette di cantare. Riesco a frenare e ad accostarmi. Spengo l'auto, stringo il volante. Chiudo gli occhi e prendo fiato.

Ho bisogno di un attimo, solo uno.

Scendo dall'auto. Appoggio le mani sulle ginocchia chinandomi su di esse.

Forza Jasmine, ce la devi fare.

Cerco di farmi forza, ma ho paura dell'ignoto, per me, per Olivia e per Ashton.

Ricevo una chiamata, sconosciuto. So già chi è.

«Jay», rispondo.

«Dove sei?»

«Sto arrivando», dico a fiato corto.

«Tic tac, Jasmine. Il tempo scorre», e riattacca.

Rimetto il telefono in borsa e salgo in macchina.

Metto in moto e torno sulla strada. Devo sbrigarmi o chissà cosa faranno a Olivia.

Ricevo una chiamata da Ashton, non posso rispondergli altrimenti vorrebbe sapere dove mi trovo. Mi lascia un messaggio in segreteria. Sono quasi arrivata, rallento un attimo solo per sentire cosa ha da dirmi: «Jasmine, dove sei? Ho provato a chiamarti, ma non rispondi...» Sospira, sembra afflitto. «Sono preoccupato per te. Dovevamo andare a pranzo insieme, ma quando ho lasciato lo studio non ti ho trovata. Ti prego, richiamami.»

Mi duole il cuore sentirlo così, ma non posso dirgli niente. Mi seguirebbe e Dio solo sa cosa gli potrebbe accadere.

Ricevo una foto. Olivia imbavagliata e seduta sulla sedia. Ha gli occhi arrossati e lucidi, il volto disperato, i capelli legati ma arruffati.

Dio mio.

Sotto la foto c'è scritto: "*Accelera!*"

Così eseguo. Corro più veloce, mancano davvero pochi minuti.

Quando arrivo sul posto, parcheggio e scendo velocemente.

Non so dove andare. Osservo la casa, sposto lo sguardo e dietro di essa c'è un capannone.

Qualcosa mi dice che Olivia è lì.

Così corro ed entro. Ed eccola lì, in fondo, seduta su una sedia di legno, un bavaglio alla bocca. È traumatizzata.

«Olivia...» sussurro.

Lei sgrana gli occhi, mi avvicino lentamente, ma scuote la testa. Sembra volermi dire qualcosa.

All'improvviso qualcuno da dietro mi spinge. Facendomi cadere a terra.

Sento delle mani addosso, mi fanno girare e incontro di nuovo quegli occhi.

Jay.

«Ce ne hai messo di tempo», ridacchia infido.

Indietreggio velocemente e mi alzo. «Adesso che sono qui, lasciala andare!» grido.

«Ssshhh. Cazzo, perché devi gridare così?» Alle sue spalle appare Gabriel. Mi sembra di tornare indietro, al *London Bridge*.

«Ti sei svegliato finalmente», commenta Jay.

«Amico, non è facile tenere sotto controllo questa peste», si avvicina e accarezza il mento di Olivia.

«Non la toccare», dico.

Gabriel mi guarda. Sorride. «Sei gelosa?»

Deglutisco. Lo guardo male, vorrei colpirlo, ma non ho nulla a mia disposizione.

«Cosa volete da noi?» domando.

«Oh, da lei niente», dice Jay. «Era solo un modo per farti venire qui, dove nessuno può trovarti», enfatizza le ultime parole.

«Allora lasciala andare», dico.

«No, vorremmo regalarle uno spettacolo in anteprima», commenta Gabriel e Jay sorride. «Tesoro, sei davvero fortunata», aggiunge Gabriel chinandosi verso Olivia. Lei lo guarda con disgusto e paura. «Abbiamo dei popcorn?» chiede a Jay.

«No, li ho finiti mentre osservavo lei frignare come una bambina», sghignazza indicando Olivia.

«Siete pazzi», commento.

Jay fa spallucce e Gabriel sorride. «Sarebbe un'offesa?» domanda.

Qualunque cosa io dica o faccia, a loro non tocca minimamente. Devo trovare un modo per capire cosa vogliono, salvare Olivia e andarcene.

«Cosa vuoi da me? Cosa ti ho mai fatto per volermi così male?» chiedo, cercando di capire Jay. Qui non c'entra più il sentimento o il fatto che io abbia scelto Ashton. C'è qualcosa che non so. «Parla Jay!»

Lui esita poi scoppia a ridere. «È divertente vederti così... angosciata, terrorizzata.»

Gabriel si allontana da Olivia e si mette accanto a Jay.

Vorrei vederli morti.

Il mio telefono squilla di nuovo, è Ashton.

«Ah-ah», Jay fa di no con il dito. «Ti consiglio di spegnere il telefono», ma più che un consiglio suona come una minaccia.

Così eseguo. Rifiuto la chiamata e spengo il cellulare.

«Scommetto che è il tuo caro dottore, si starà chiedendo dove sei finita», mi prende in giro.

«Lui è migliore di te», ribatto, come se potessi offenderlo.

Accenna un sorriso sbilenco. «Non mi importa essere migliore di lui. Così come non mi importa se la sua vita continua o viene stroncata», aggiunge. Un brivido di terrore mi attraversa il corpo. Mi investe con tutta la sua potenza.

Non potrei mai accettare che Ashton pagasse per me. «Cosa vuoi Jay? Non te lo chiederò un'altra volta», insisto.

«Con calma tesoro. Abbiamo tutto il tempo del mondo», ribatte sarcastico.

Ma a me tutto ciò non diverte, gli unici a ridere sono lui e Gabriel.

«Vediamo, da dove posso iniziare?» inizia a camminare avanti e indietro. «Oh sì, dall'incidente!»

Aggrotto la fronte. «Incidente?» Lui mi fissa, il mento in alto. «Il mio incidente?»

«Partiamo da Lipsia», aggiunge.

Sono confusa. Chi è quest'uomo?

«Eri in macchina e lui nel camion. La polizia aveva detto che aveva bevuto troppo, non ricordo bene, ma so che aveva problemi con l'alcol. La rabbia ha annebbiato troppo il mio cervello da allora», continua a dire. Mi guarda con disprezzo, vorrebbe distruggermi. «Poi l'incidente. Il botto. Lui ti è venuto addosso, tu avevi appena finito di lavorare. Indossavi ancora quella stupida divisa. Il mio telefono ha iniziato a squillare, mi hanno riferito la notizia. Lui era morto sul colpo, lo avevo perso per sempre. In quel momento ti ho odiata, avrei voluto che morissi tu, non lui.»

Deglutisco. «Non so di cosa stai parlando.»

«Hai perso la memoria, non ricordavi nulla. Sai cosa Jasmine? Sei stata fortunata», avanza verso di me. Non riesco a muovermi, vorrei indietreggiare, ma le mie gambe sembrano immobilizzate. «Hai potuto dimenticare, invece io sono stato costretto a vivere ogni giorno della mia vita senza di lui. Consapevole della sua morte e della tua sopravvivenza.»

Aggrotto la fronte, sono confusa. «Jay...»

Ma all'improvviso mi colpisce così forte da stordirmi gettandomi a terra. Continua a colpirmi sferrandomi calci nello stomaco. Olivia cerca di gridare, ma non ci riesce, mentre Gabriel le intima di stare zitta. Scorgo nei suoi occhi la paura che prova per me, vorrebbe aiutarmi.

«Tu, stupida puttana, mi hai portato via mio fratello!» Un altro colpo. «La mia unica ragione di vita!» Un altro colpo, poi disperato indietreggia e lancia un urlo.

Tossisco, mi viene da vomitare. Mi manca l'aria.

«Mio fratello Maurice doveva vivere! E invece...», ride. Una risata cattiva e affranta, vendicativa. «Invece lui è morto e tu sei qui. Sei venuta a Londra per ricominciare, ti ho dato la caccia a Lipsia, ma avevi ancora la polizia che ti proteggeva, eri intoccabile. Così sono venuto qui, dove potevo avvicinarmi a te con più facilità.» Prende uno sgabello mal ridotto e si siede di fronte a me, compiaciuto nel vedermi a terra sofferente. «Lui è morto e tu hai ricominciato una nuova vita, facendoti scopare da me. Il fratello del ragazzo che hai ucciso. E come se non bastasse ho dovuto pagare parte del danno che hai ricevuto.»

«Madison...» riesco a dire.

Sogghigna. «Sì, quella Madison, in realtà era Maurice. Tu hai creduto a ogni cazzata che ti ho detto. Beh, in qualche modo dovevo entrare nelle tue grazie. Vero David?» Guarda il suo amico, che sorride divertito. «Ricordo ancora la voglia che avevo di farti soffrire mentre ti scopavo.»

Mi torna in mente il tatuaggio sul polso. La *M* dentro un cuore. Era per il fratello. Jay mi ha ingannata fin da subito, sapeva già chi ero, per questo il suo obiettivo sono sempre stata io.

«Perché non mi hai ammazzata allora?» chiedo a fatica.

«Volevo divertirmi un po', coglierti alla sprovvista... Com'è che si dice?»

«La vendetta è un piatto che va servito freddo», replica Gabriel.

Jay annuisce. «Giusto. Così ho preso del tempo, mi sono divertito. Dovevo farti crepare. Mio fratello non ha avuto nemmeno il tempo per chiedere aiuto, non credo abbia capito che stava per morire. Invece tu, potrai rendertene conto», sorride perfido.

Spalanco gli occhi. Vuole uccidermi.

Penso ad Ashton, vorrei fosse qui.

«Sapevi già chi ero...»

«Oh certo», sorride. «Ma tu hai creduto che mi fossi innamorato di te», sogghigna di nuovo. Mi sento a pezzi. Umiliata. Sconfitta. «Sei davvero una bella donna, e a letto... Non scorderò mai come hai accolto bene il mio cazzo. Ma... Quando ti guardo, non posso fare a meno di pensare a mio fratello che al momento è sotto terra.»

«Lo sai che non è colpa mia, non ho causato io l'incidente», cerco di spiegarmi, ma sento dei dolori atroci in tutto il corpo.

Lui si alza, furioso. Mi prende per la maglietta e riesce a sollevarmi da terra. «Attenzione signorina, non sbagliare a parlare. Al momento sono molto vulnerabile e sai cosa succede?» La sua voce è cattiva, dura. Sussulto quando la sua mano si appoggia proprio in mezzo alle mie gambe. Ho i jeans, ma riesco a sentire la sua forza. «Potrei scoparti prima di ammazzarti.»

«Buona idea», commenta Gabriel.

Jay sorride.

Tremo. Mi bruciano gli occhi. «Ti prego non farlo», sussurro. La mia voce si spezza. Sto crollando davanti ai suoi occhi.

«Perché non dovrei?» ringhia. «Io ti odio. Quando ho perso Maurice la mia vita è finita. Sono rimasto da solo. Lui era tutto per me, tutto!» grida e mi spinge all'indietro. Cerco di rimanere in piedi, ma non ci riesco, cado nuovamente a terra e tossisco.

«Dopo la morte dei nostri genitori eravamo rimasti soli, ci facevamo coraggio l'un l'altro. Era la mia spalla, la mia roccia... E tu me l'hai portato via», aggiunge furioso. Nei suoi occhi riesco a vedere il dolore che prova.

Ingoio a vuoto. Le lacrime mi rigano il viso. «Jay, mi dispiace da morire. Se potessi fare qualcosa...»

«Sta' zitta!» Urla, facendomi sussultare e puntandomi il dito contro. «Tu devi solo morire. È l'unico modo per rendere giustizia a mio fratello.»

«Ti prego. Lui non avrebbe voluto questo», aggiungo.

«Tu non sai cosa avrebbe voluto. Ma sicuramente avrebbe voluto vivere, e tu gli hai negato la possibilità», aggiunge.

A interrompere il tutto è il telefono di David che inizia a squillare.

Non so nemmeno più come chiamarlo, credo che ormai sia indifferente.

«Cazzo», impreca.

Jay sgrana gli occhi. «Chi cazzo ti chiama adesso?»

«È Brandon.»

«Non gli rispondere», intima Jay.

«Non posso. Dopo quello che questa puttana gli ha raccontato, mi sta col fiato sul collo, se tentenno potrebbe capire qualcosa. Mi ha già mandato dei messaggi a cui non ho risposto», replica.

«Esci fuori allora, non vorrai che le senta.»

Così Gabriel esce fuori e lo sento mentre risponde al cugino.

Olivia è a pezzi. Non ha più le forze di reagire, è sconvolta.

Non sembra le abbiano fatto qualcosa a parte legarla e intimorirla.

Quando David rientra, sembra tranquillo. Chissà cosa voleva Brandon. Quanto vorrei capisse chi è davvero suo cugino.

Vedo Jay che si allontana, si avvicina a un mobile. Si china e trasalisco quando vedo una pistola.

«Jay, ti prego... Cosa vuoi fare?», mi trascino indietro, ma appena mi punta la pistola contro mi immobilizzo.

«Sei sorda? Tu morirai.»

Singhiozzo. Non voglio morire. «Ti prego.»

«Smettila di implorarmi!» Sbotta. «Non ti salverai Jasmine! Hai rovinato la mia vita, adesso sei tu a doverla pagare.» Resto in silenzio. «Ma ti do una possibilità.»

Per un attimo spero che possa cambiare idea, che mi lasci andare, che rinsavisca. Ma mi sbaglio.

«Puoi scegliere il modo in cui morire», commenta.

Sgrano gli occhi. Sono scioccata.

«Vuoi essere scopata e poi uccisa? Vuoi che ti impicchi? Vuoi un proiettile dritto al petto? Ci sono tante tecniche di tortura, sai. Mi sono documentato. Ci sono alcune cose che...», gli scappa una risata, finta e crudele. «Cose che non credevo nemmeno esistessero. Oppure...» gli si illumina lo sguardo, «potresti metterti alla guida e morire nello stesso modo in cui dovevi andartene quella sera a Lipsia. Un piccolo déjà vu. Non sarebbe male, no?»

«Tu sei uno psicopatico. Meriti la morte così come l'ha meritata tuo fratello», dico di getto. È la rabbia a parlare. Non so più nemmeno io cosa provo. I miei sentimenti si alternano tra rabbia, paura e dolore.

Indurisce lo sguardo. Serra le labbra in una linea dura. «Sai, credo che ti torturerò.» Si volta di spalle. «Devo solo prendere l'occorrente necessario.»

Così si allontana, esce fuori dal tendone e sparisce.

Guardo David, o Gabriel, chiunque sia lui.

È in silenzio, accanto a Olivia.

«Come puoi permettere tutto questo? Come puoi guardare e rimanere impassibile?» gli chiedo inorridita.

Fa spallucce. «Ho visto di peggio.»

Cosa diamine c'è di peggio rispetto a questo?

«Non mi guardare così bellezza», aggiunge. «Ho i miei problemi.»

«Ah sì? Scommetto che si chiamano *psicopatia*», replico.

Sorride. Sembra divertito. «Sei simpatica. Mi dispiace per la fine che farai. Ma Jay mi darà dei soldi e io ho troppi debiti da pagare, se non lo faccio sono spacciato.»

«Mi ucciderà», gli ricordo.

Fa spallucce. «Meglio tu che io.»

Sto per alzarmi e colpirlo con tutta la mia forza, ma mi blocco quando Jay ritorna nel capannone con un borsone.

Non voglio nemmeno immaginare cosa ci sia lì dentro.

All'improvviso Jay e David si raddrizzano.

«Cos'è questo rumore?» chiede Jay.

Olivia alza la testa, che fino a poco fa era abbassata. Abbandonata.

E ora sento anche io... il suono delle sirene.

«Hai chiamato la polizia in mia assenza?» grida Jay.

«Cosa? No!»

Si avvicina e mi colpisce in volto.

«È riuscita a chiamare qualcuno, ingrato!» si rivolge a David.

«No, ti assicuro di no», ribatte lui.

«Merda! Dobbiamo andare via da qui», replica Jay.

257

È impaurito. È la prima volta che lo vedo così.

Ma non fa in tempo a prendere il borsone e a trascinarci fuori, che due poliziotti puntano le pistole contro di loro. «Fermi! Alzate immediatamente le mani», grida uno. E poi lo vedo... Guardo oltre l'agente. C'è Ashton. Scoppio a piangere.

Accanto a lui c'è Brandon. Non mi sembra vero. Olivia lo guarda, è felice di vederlo, piange anche lei.

Ci soccorrono, mentre gli agenti arrestano Jay e David.

«Mi dispiace amore, mi dispiace», dice Brandon mentre libera e abbraccia Olivia.

Mi butto tra le braccia di Ashton e lui mi stringe a sé. Mi bacia la testa. «Sei al sicuro adesso», mi dice.

«Come hai fatto a trovarmi?» gli chiedo.

«Avevo capito che c'era qualcosa che non andava. Così mi sono ricordato di quello che mi hai raccontato su Brandon. All'inizio non mi credeva, come non credeva a Olivia, ma poi gli ho mostrato le immagini catturate dalle videocamere, ha riconosciuto David e siamo andati insieme alla polizia. Io ho raccontato tutto il resto, anche di quello che ti è successo al *Liman*. Hanno recuperato i filmati delle videocamere e hanno scoperto tutto.»

Mi tremano le labbra. «Davvero?»

Annuisce. «Sanno che ti ricattavano. Un altro agente è entrato in casa tua, mentre eravamo sulla strada. Ha trovato un biglietto. Hanno mandato la foto a Brandon, lui ha riconosciuto la calligrafia del cugino.»

«Come siete arrivati qui?»

«Brandon ha chiamato David, fingendo di non sapere niente, ma eravamo già con la polizia. La chiamata ci ha aiutati a localizzare dove vi trovavate», conclude. «È tutto finito, Jasmine. Jay e David pagheranno per quello che ci hanno fatto.»

«Sono contenta che tu sia qui», dico con voce tremante.

«E io sono contento di vedervi sane e salve. Dovevi dirmelo, Jasmine», mi dice mentre mi guarda negli occhi. Riesco a scorgere la paura che ha avuto di perdermi. «Non potevo metterti in pericolo. Se ti fosse accaduto qualcosa, non me lo sarei mai perdonato.» Usciamo dal capannone ed entriamo nelle rispettive macchine.

«Dobbiamo andare in ospedale per essere sicuri che tu stia bene, dopodiché dovrai testimoniare tutto alla polizia», mi spiega.

Annuisco. «Va bene. Non vedo l'ora di tornare a casa e riposare, con te.»

«Lo faremo dopo», mi stringe a sé. «Te lo prometto.»

Guardo il sole che lentamente scende giù. Tra poco tramonterà e tutto tornerà alla normalità.

Epilogo

Un mese dopo…
Io e Ashton abbiamo preso una nuova casa e lui ha deciso di spostare lo studio vicino la nostra nuova abitazione.

Qualche sera fa, però è successo qualcosa di magico. Siamo andati a cena insieme e durante il dessert un signore con un violino si è avvicinato. Ho sorriso, finché non ho riconosciuto la melodia: *Chasing Cars* degli Snow Patrol. Le lacrime hanno iniziato a rigare il mio viso quando Ashton si è chinato e mi ha mostrato l'anello chiedendomi di sposarlo. È stato emozionante, gli ho detto di sì mentre il mio cuore scoppiava di gioia e l'ho abbracciato per poi riempirlo di baci.

Non avrei mai creduto di poter vivere un momento simile, è stato indescrivibile.

Siamo tornati a casa e abbiamo fatto l'amore e ogni volta mi sembra di provare emozioni nuove. Mi sento così legata a lui, come se gli appartenessi da sempre, e lui appartenesse a me.

Anche Olivia e Brandon sono andati a vivere insieme e a breve si sposeranno. Lo so, fanno tutto velocemente, ma si amano e la loro felicità è contagiosa.

In fondo, quando c'è l'amore, non esiste tempo.

A Jay e David non è stata accettata la richiesta di libertà sulla parola e resteranno in carcere fino a quando non ci sarà la sentenza definitiva.

Sono sicura che non la faranno franca, ho fiducia nella legge.

A Lipsia ero la ragazza che aveva perso la memoria, adesso sono mille cose: la fidanzata del dottor Sutter, la donna che è stata quasi violentata, colei che è stata perseguitata.

Il caso è finito sul telegiornale e su varie riviste.

È come se tutto si stesse ripetendo, ma questa volta è diverso.

C'è Ashton con me, la mia forza.

Credo che tutti abbiamo bisogno di qualcuno che ci sorregga quando crediamo di cadere, qualcuno che ci dica: *"Non avere paura di andar giù, se ciò dovesse accadere ci rialzeremo insieme."*

E io questa persona l'ho trovata e la terrò stretta a me per il resto della vita.

Fine

Ringraziamenti

Ed eccoci giunti alla fine di questo libro.

Scrivere questa storia non è stato per niente facile, è la prima volta che mi cimento in un romance suspense, e spero davvero di essere riuscita in ciò.

Spero di avervi regalato delle emozioni, di aver colto nel segno. Spero anche di avervi fatto sentire un pizzico di suspense e anche, perché no... un po' di ansia.

Spero che la storia vi sia piaciuta e che sia riuscita ad arrivare al vostro cuore.

Il mio obiettivo è sempre quello di catturare il lettore e mi auguro di esserci riuscita.

Ringrazio tutti coloro che credono in me, a partire dalla mia famiglia, al mio compagno e ai miei amici.

Ringrazio la mia editor Anna Russo e la mia grafica Sara Pratesi di Fox Creation, riescono sempre a fare un ottimo lavoro, a capire i miei bisogni e ad aiutarmi a raggiungere il risultato che desidero.

Ringrazio voi lettori, che mi leggete e mi seguite. Ogni giorno mi riempite il cuore di affetto e non c'è cosa più bella per me.

Grazie a tutti.

Printed in Germany
by Amazon Distribution
GmbH, Leipzig